VIP
遠

white heart

講談社X文庫

目次

イラストレーション／沖《おき》　麻《ま》実《み》也《や》

VIP ブイアイピー

永遠 えいえん

1

通常より三十分ほど早く出勤した和孝《かずたか》は、開いた窓から滑り込んでくる夏の風を感じながら店内を見渡した。

木目の美しいウォールナットの床、テーブル、椅子《いす》。カウンター席とテーブル席合わせて十五席という小さな店であっても、誰もがリラックスして食事を愉《たの》しめる空間を目指して日々努力している。

それだけに、何度か不測の事態に見舞われたにもかかわらず来店してくれる客のおかげで、またこうして再開する日を迎えられることがひとえに嬉《うれ》しかった。

テーブルに手のひらを当て、感触を確かめながら、つい笑みがこぼれる。

実際のところ『Paper Moon《ペーパームーン》』という名前ほど、自分たちにしっくりくる店名はない。BM《ビーエム》由来の名称だったが、ひと折りひと折り心を込めて形を作り上げていくという意味では、Paper Moonであることこそ重要だろう。

「怪我《けが》も治ったし、また頑張りますか」

よしと気合を入れ、意気揚々と厨房《ちゅうぼう》へ向かう。が、その足を一度止め、しばし思案した後、渋々携帯を取り出した。話があるから時間を空けてほしいという父親からのメッセージを目にすると自然に眉根《まゆね》が寄る、などと愚痴をこぼしていてもしようがない。これ以上無視するのはおとなげないし、なによりせっかく新たな気持ちになっているいま、いつまでも引きずっていたくなかった。

――わざわざ呼びつけてまで、いったいなんの話？

面倒事はさっさと片づけるに限る、と自身に言い聞かせて渋々送信したところ、ものの数秒で返事がきて、その文面を目にした途端厭《いや》な気持ちになった。

――会ってから話す。

よほど信用がないのか、日時までいま決めたいようで、「都合のいい日はいつだ、合わせる」とある。相変わらずせっかちだとうんざりしつつも、次の定休日を打ち込んで送った。

結局、五日後の午後二時に実家を訪ねることに決まる。

話の内容は気になる半面、父親に連絡するという案件をこなして多少気が楽になったのは間違いない。父親の用件がなんであろうと、気に入らなければその場で突っぱねればいいだけなので、当日まで考えないようにするのが賢明だろう。

携帯をポケットにしまう前に時刻を確認する。

九時過ぎ。

久遠《くどう》は新幹線に乗った頃だ。一泊二日の出張らしいが、三島《みしま》の尻拭《しりぬぐ》いも含めて、相変わらず忙しく飛び回っている。ある程度融通がきくとはいえ、たまの休みに呼び出しの電話がかかってくることはけっして少なくない。

たいがいの場合、上総《かずさ》が対処しているようだが、稀《まれ》に久遠が休日返上で出向く場合もある。

他の組織はどうであれ、木島《きじま》組に限ればトップである久遠を中心にまとまり、久遠の判断でみなが動いているのは確かだった。

「いまや、不動清和会《ふどうせいわかい》まで背負ってるもんな」

それがいかに大変なことなのか、想像するのも難しい。通常の状態であるならまだしも、久遠は事故の後遺症でいまだ二十五歳以降の記憶が曖昧《あいまい》なままだ。いくら上総や沢木《さわき》のフォローがあるといっても、事故直後、木島組の組長で不動清和会の若頭という自身の立場に戸惑わなかったはずはない。

しかも、現在は会長だ。

早くてっぺんを獲《と》って、と無責任な言葉で煽《あお》った身だが、まさかこれほど早く実現するとは和孝自身も考えていなかった。

すごいよな。

心中で呟《つぶや》く。もっとも、だからこそ久遠の名前には常に「異例」「特殊」「破格」等の枕詞《まくらことば》がつくのだろう。

「おはようございます！」

快活な声とともに店のドアが開いた。

笑顔の村方《むらかた》と、

「おはようございます。やけに早いですね」

津守《つもり》だ。

休業中何度か顔を合わせているし、普段からＳＮＳでやりとりしているため、久しぶりという感覚はない。が、Paper Moon で三人揃《そろ》って顔を合わせてみると、やはり特別な感じがする。

「そっちこそ、いつもよりずいぶん早いんじゃない？」

準備を中断し、ふたりを迎える。

「それはまあ、当然というか」

「指折り数えてましたもんね」

言葉どおり嬉しそうな様子を前に頰《ほお》を緩めた和孝は、背筋を伸ばして頭を下げた。

「今度のことでは本当に心配かけました。このとおり全快したので、今日からまたよろしくお願いします」

Paper Moon の休業中、津守と村方は『月の雫《しずく》』にフルタイムで入り、大いに客を呼び込んだと聞いている。

宮原《みやはら》の接客スキルに、津守のフレアバーテンディング、村方の愛嬌《あいきょう》が加わったのだから繁盛するのは当然で、和孝自身、療養中は早くみんなのもとへ戻りたいと思うばかりでなんの気がかりもなかった。

「本当にな。どれだけ心配したか」

津守がため息をこぼす。

「オーナーが撃たれて怪我をしたって知らせがあったとき、僕、心臓止まりかけましたからね。銃で撃たれるとか、普通思わないじゃないですか」

村方も同意し、当時を思い出したのか、ぶるりと肩を震わせる。

あえて冗談めかした態度をとってくれたのがわかっているだけに、よけいにふたりの気持ちが身に染みた。今後、二度とトラブルには巻き込まれない、と断言できないせいでなおさらだった。

「あと、週刊誌の件だけど」

「Wednesday」に掲載された記事に関しては、事前に津守と村方、そして宮原にも要約して口頭で伝えた。

今日、Wednesdayを持参することも考えたが、再開初日という晴れがましい日にわざわざ不快なものを目にする理由はない。それに、現時点で過剰な心配をかけるのは本意ではなかった。

ど」
「もし記者がうるさく来るようだったら、俺に言って。厭な思いをさせて、申し訳ないけ

先日発売されたWednesdayに、木島組に関する記事が掲載された。もっとも今回は、著名人であるアパレル会社『Au-delà《オドゥラ》』の会長・都築《つづき》が、生前に木島と親交があった縁から五十周年記念パーティの会場に木島組所有の物件を選んだという記事だ。

『Au-delà会長、危うい極秘記念パーティ!!』と見出しのつけられた記事自体はいまひとつインパクトに欠け、扱いも四番手、五番手あたりだったものの、隠し撮りしたパーティ会場の写真が一緒に掲載されていた。

今回のターゲットが都築だとしても、疑問は残る。

なぜいまなのか。すでに木島は亡くなって久しいうえ、南川《みなみかわ》の焼き直し感が拭《ぬぐ》えない。記者は南川と親交があったらしいので、弔いのつもりなのかとも思ったが、久遠はそれについて否定的だった。

記者の署名はM・N。

本名は夏目《なつめ》 湊《みなと》というフリーランスのノンフィクションライターだと聞いている。おそらく『Au-delà』の五十周年記念パーティで写真を撮らせてほしいと絡んできた男がそうだ。

沢木も案じていたように、警戒はしておくべきだろう。

「俺らは大丈夫です」

津守がそう言い、村方が深く頷《うなず》いた。

「現時点ではうちに影響ないですし、あったとしてもぜんぜん平気です。僕らには守るべきものがありますからね。負けません。いざというときは、護身術をお見舞いしてやりますよ」

力こぶを作ってみせた村方に、津守が苦笑する。

「頼もしい限りだが、あんまり調子にのるなよ」

はーい、と村方。

この件については本来不愉快な話であるにもかかわらず、常に前向きな村方のおかげで必要以上に深刻にならずにすんだ。

「さてと、話はここまでにして、せっかくだから気合を入れとくか」

その一言とともに、津守が右手を差し出した。

「ああ、部活でやるあれですね」

そこに村方が手を重ねる。

それぞれヨット部とフェンシング部だったふたりとはちがって、部活を経験したことがない、というのはさておき、団結力を高めるにはいいアイディアだ。

和孝もさっそく倣い、一番上に手をのせた。

「じゃあ、お願いします」

津守が笑顔で促してくる。

「俺？」

未経験者なのに、と自分を指差したところ、

「当然です」

「オーナー以外に誰がいるんですか」

ふたりの即答が返った。言われてみれば、声出しはオーナーである自分の役目だ。

一度咳払《せきばら》いをしてから、和孝は頰を引き締める。

「Paper Moonと月の雫で目まぐるしい日が戻ってくると思うけど、みんなで力を合わせて、今日からまた頑張ろう！」

ぐっと手に力を込める。

どうやらふたりも自然と力が入ったようで、オーッ、と頼もしい声が揃った。まさか大人になってこういうノリを体験するとは思わなかったが、効果はあったようで士気が上がる。自分たちが同じ方向を目指している仲間であることを、いま一度認識した。

その後は、各々の仕事にとりかかる。休業中も店に通っていつでも開店できる状態を保ってくれたふたりのおかげで、余裕を持って仕込みができた。

まもなく開店時刻になる。

この瞬間はいつも緊張するうえ、久しぶりの今日は一入《ひとしお》だ。

なにか抜けはないだろうか。万全の準備をしただろうか。お客様は来てくれるだろうか。来てくれたとして、満足して帰ってもらえるのか。

さんざん脳内で自問して、いよいよその時刻になるとなぜか不安は消え、自分にできることをしようという思いだけが残る。

津守と村方と目を合わせてから外へ出た和孝は、開店を待っていたと言ってくれた常連客を笑顔で迎え入れながらプレートを「ＯＰＥＮ」に返した。

「いらっしゃいませ」

テーブル席が埋まり、あとを津守に任せて村方と厨房に入る。近くにオフィスビルがあるおかげで昼時は息つく間もないほど忙しいが、今日も以前と同じ状況になり、足を運んでくれる客には感謝してもしきれなかった。

二時近くになると落ち着いてくる。

オーダーストップ間際になって、宮原がやってきた。カウンター席に座った宮原は、起きてからさほどたっていないようで、普段に比べて少しばかり無防備に見えた。

久遠と同じ歳《とし》にもかかわらず、相変わらずの年齢不詳だ。まるで老人から少年まで演じ分ける俳優さながらにいろいろな顔を見せ、周囲を魅了する。

容姿、内面、柔軟な生き方。肩書。

和孝にとって宮原は、出会ったときから変わらず、手本とすべき大人であるのは間違いない。

自分にとって冴島《さえじま》が祖父なら、宮原は兄のような存在だ。ふたりのうちどちらか一方とでも出会わずにいたなら、いまの状況はちがうものになっただろう。それほど自分にとってふたりは大事な存在だった。

「柚木《ゆぎ》くんの料理が食べたい」

たまに隙《すき》を見せ、甘えてくる。そんな部分も魅力的だ。

「なにかリクエストありますか?」

つい頬を緩ませて問うと、すぐに返事があった。

「柚木くんが作るものならなんでも」

宮原自身は料理をしないので、普段は外食かデリバリーに頼り、ついワインに合う軽食に偏ってしまうらしい。そのせいで、時折むしょうに家庭料理が食べたくなるのだと以前話していた。

「あと三十分ほどで昼休憩に入るので、四人で食べませんか?　ちなみに今日の賄いは、牛煮込みのソースをかけたオムライスです」

「三十分待つ」

そう言った宮原から、くうと小さな音が聞こえてきた。腹の虫が鳴ったようで、自身のお腹《なか》に手をやる姿に、思わず小さく吹き出す。

普段は大人で洗練されたイメージがある宮原だが、可愛《かわい》らしさも備えている。月の雫が順調なのも、マスターが宮原だからという部分が大きかった。

およそ三十分後、最後の客を見送ってからさっそくオムライス作りにとりかかった。

「あー、いい匂《にお》い。オムライス大好き。シャンパン飲みたいけど、仕事があるからアイスティにする」

とろりとしたオムライスの卵に牛煮込みのソースをかけ、パセリを散らす。ズッキーニとセロリ、ミニトマトのマリネにアイスティを添えると、今日の賄い飯のできあがりだ。

「わあ、おいしそう」

テーブル席に移動し、四人で食事をする。宮原は人材派遣会社を退職して以降、定期的に店を訪れてくれるが、怪我で閉店していたこともあってPaper Moonで顔を揃えるのは久しぶりだった。

スプーンを口に運んだ宮原が、目を輝かせた。

「柚木くん、天才！　とろとろですごくおいしい」

手を頬へやり、以前よりも少し長くなった髪をふわりと揺らす。拘束時間にしても仕事量にしても会社員の頃と変わらないはずなのに、月の雫で働き始めてからの宮原は、まさに水を得た魚という表現がしっくりくる。

生き生きとしていて、心なしか肌の色艶《いろつや》もいい。

「お口に合ってよかったです」

「合うに決まってる」

そして、ずいぶん距離が縮まった、と思う。BMの頃はそれこそ師であり、宮原の言葉は絶対だったぶん、身近な存在ではなかった。BMを離れて初めて、ひとりの人間としての宮原に親しみを覚えたのだ。

無論、尊敬の念も恩への感謝の思いも以前と変わらずある。

「すっかり元気になったみたいで、安心したよ。柚木くん、無鉄砲なところあるから」

これには、津守と村方が深く頷き同意を示す。

「このたびはご心配おかけしました」

背筋を伸ばし、続けてみなに頭を下げる。無鉄砲と言われても、自覚があるだけに一言の弁明もできなかった。

「昔はやけに冷めた子だって思ってたのに、柚木くんの本質はちがったよね。本当はすごく情熱的だったんだってわかって、嬉しいっていうか、安心したっていうか。もちろん怪我は駄目だけど」

しかも、これだ。

なにも持たなかった自分をBMのホールに立てるように躾《しつ》けてくれた宮原の言葉だから

こそ意味があり、胸が熱くなる。

「宮原さん、それ以上言うと、このひと午後から使いものにならなくなるので」

苦笑した津守の言葉を、村方が補足する。

「宮原さんは、僕らにとって特別ですからね」

そのとおりだ。自分だけではなく、村方や津守にとっても宮原の存在は大きいだろう。

「なんだか照れるな」

ふふ、と笑ったあと、ふと宮原が自分たちひとりひとりの顔を見てきた。

「僕にとって三人は昔もいまも、心から信頼できる大事な仲間だ」

まさか今日、こんな一言を聞くことになるなんて予想だにしていなかった。このままでは津守の言った「使いものにならなくなる」状態に陥りそうで、自身に活を入れるためにも居住まいを正して宮原と津守、村方に向き直った。

「不肖のオーナーですが、精一杯頑張りますので、今後ともよろしくお願いします」

いまの気持ちに澱《よど》みは一点もない。店を順調に成長させたいし、それ以上にみんなで愉しみたい。

「こちらこそ」

宮原がそう言うと、よろしくお願いしますと津守と村方が声を揃える。宮原の来店で、図らずも全員揃って再スタートへの意気込みを明確にすることができた。

ごちそうさまと手を合わせたあと、すぐに宮原は腰を上げる。この後、月の雫の開店準備があるので、マスターである宮原はゆっくりしていられないのだ。

スタッフがみな優秀で、安心して任せられるのはありがたい。

「今日は俺も顔を出しますね」

「待ってる」

ドアへ向けた足をいったん止め、そういえばと宮原が振り返った。

「聡《さとし》くんには、柚木くんの怪我のこと伝えてない。言っちゃったら、彼、ずっと柚木くんの傍《そば》を離れなくなりそうだからね」

「……ありがとうございます」

宮原と聡はずっと連絡を取り合っているという。一度孝弘《たかひろ》の家庭教師をしてもらったときを除けば、大学に奨学金で入ったときや成人式のとき等、自分が聡に連絡するのは節目のみなので、宮原から近況を聞けるのはありがたかった。

「頑張ってるよ。『宮原さんと和孝に顔向けできなくなるようなことはしたくないから』って、可愛いよね」

「はい」

離れていても、連絡を取り合っていなくても、聡はもうひとりの弟だ。たとえ短い間であろうと、ともに暮らした日々が消えてなくなるわけではない。

「さて、僕は僕で頑張ろう」

右手を上げて帰っていく宮原を見送ると、夜の部の準備にとりかかる。月の雫を始めてからは、津守が早上がりをして月の雫へ向かうので、うかうかしていられなかった。

忙しさを理由に少しでもPaper Moonがおろそかになるようでは本末転倒だ。料理にしても接客にしても以前以上に気を張った対応をしてこそ、変わらないサービスになると思っている。

「こっちもやろう」

村方とともに厨房に立つ。津守は料理以外全般に目を配り、快適な空間を作り上げる。ブランクがあろうとなかろうと、最高のチームだという自負があった。

不安に反して夜の部も客足は途絶えず、なかには新規の客もいて、まずまずの滑り出しで初日を終える。村方とふたりで片づけと明日の準備を終えた和孝は、施錠を任せて先に店を出ると、スクーターを恵比寿《えびす》方面へと走らせた。

パーキングにスクーターを駐《と》める。そこからは徒歩で五分あまり、やや勾配《こうばい》のある狭い横道を入ってすぐのところに月の雫はある。

スタッフ専用の通用口から入り、バックヤードで着替えをすませた和孝は店内へと足を踏み入れた。

あたたかみのあるオレンジ色の照明が、黒を基調にしたテーブルや椅子をやわらかく照らしている。父親の代からのクラシカルなムードはそのまま引き継ぎ、より洗練されたバーへと作り替えた。

もちろん内装以上に大事なのはもてなすスタッフだ。

宮原を中心に津守、そして他のスタッフたちにしてもみな有能で、ベターなメンバーだと思っている。

ベストでないのは、今後いっそうよくしていこうという意気込みにほかならない。

「うちのオーナーが来ましたよ」

カウンター席で接客していた宮原がこちらに気づき、ほほ笑みかけてきた。クールな表情で、頬を染めている女性客にジンベースのオリジナルカクテル『Moon Drop』を提供していた津守も、こちらへ視線を投げかけてくると、口許《くちもと》を綻《ほころ》ばせる。

「いらっしゃいませ。愉しんでいただけていますか？」

カウンター席の客と二、三言葉を交わし、次にテーブル席を回る。カウンター席は主に女性客で埋まっている一方、テーブル席はカップルや友人同士、なかには商談中と思《おぼ》しきスーツ姿の客もいる。

「お店のひとたちのイケメン度が尋常じゃないって友だちから聞いて、今日は目の保養に来ました」

やや興奮ぎみにそう言ったのは、四人の女性グループだ。

くことが重要だった。

「期待を裏切ってなければいいんですが」

「期待以上です！　びっくりしました」

「みんなを代表してお礼を言わせてください」

盛り上がる女性グループに、ありがとうございますと目礼する。

最初は興味本位でいい。足を運んできてくれた客が二度、三度と来たくなる店にしてい
くことが重要だった。

「イケメンもそうなんですけど、雰囲気が素敵」

そのため、来てよかったと口々に言う客たちの反応がなにより嬉しい。

ひと通り客に挨拶《あいさつ》をして回ったあと、スタッフに声をかけてからカウンター席に戻ると、給仕役を引き受ける。

宮原が中心にいてくれるおかげで和孝自身、月の雫という場を心底愉しめばよかった。

あっという間に時間が過ぎていき、閉店時刻を迎える。

祭りのあとさながらの気分、と言えば苦笑されるだろうか。

いつものごとく宮原に追い立てられて帰路につく。夜の街をスクーターで走りながら、心地よい疲労感と、それを上回る充実感を噛《か》み締《し》めていた。

「いい夜だ」

顔に当たるぬるい夜風。夜空に浮かんだ淡月。

平穏でも波瀾《はらん》のさなかであっても月は変わらずそこにあって、同じサイクルで巡っていく季節を実感する。怪我を負ってみなに心配をかけてから、すでに二ヵ月が過ぎようとしていた。

傷が癒《い》え、店も再開できて今後は前に進むだけだ。週刊誌の件にしてもこのまま何事もなく終わるのではないかと、多少楽観的なくらいがちょうどいいのかもしれない。

自宅に帰り着いた和孝は、真っ先にシャワーを使うと早々にベッドに入る。

明日も早い。しっかり眠って、ばりばり働かなければ。

「……そういえば、久々にひとりだな」

先週はずっと久遠の部屋に入り浸っていたため、毎晩同じベッドで眠った。いや、先週のみならず、怪我をして以来、ひとりで眠った夜は片手でも足りるほどだ。

二日？　三日？

にもかかわらず、いまの自分はすでに息苦しさなど少しも感じていない。むしろ一緒にいると安心感がある。

それだけ久遠が時間も手間もかけてくれた証拠だ。意地を張ることでしか自我を保てなかった過去の自分がいかに未熟だったか、思い出すと呆《あき》れてしまうけれど、あの頃はあの頃で精一杯だったのだとも思っている。

ようは、どれも必要なプロセスだったのだ。

「すっかり飼い馴《かな》らされたしな」

いまや家猫だ。と、野良猫、放し飼いだと言われた過去を思い出して苦笑する。そのタイミングでサイドテーブルの携帯が震えだし、和孝は迷わずそれを手に取った。

「お疲れ様」

微《かす》かな吐息で、久遠が口許を綻ばせる様が目に浮かぶ。些細《ささい》なやりとりであっても伝わってくるのは、自分たちがそれだけ年月をともに重ねてきた結果だといえる。

『なんだ。眠れないのか』

久遠ももちろん声音から、Paper Moon の再開初日の昂揚《こうよう》を引きずっていると気づいているのだ。

「まあ、うん。お客さんの顔を見たら、なんだかぐっときてさ。なかなか収まらない」

Paper Moon はやはり自分にとって城であり、大切な居場所だ。どの場所にいるときより気持ちが落ち着くし、昂揚もする。

『よかったな』

これには、本当にと返す。出張先から連絡をくれたのは、久遠にしても気にかけてくれていたからだろう。

「明後日《あさって》、着いたらメール入れて」

『ああ』

おやすみ、と告げ、短い電話を終える。携帯をサイドテーブルに戻した和孝は、ふたたびベッドに転がり、ふと、今朝の出来事を脳裏によみがえらせていた。

——帰りは明後日になる。

朝食の片づけをし始めてすぐ、久遠がそう言い、肩に手をのせてきた。

それだけのことにもかかわらず、自分が頭のなかでいろいろシミュレーションして緊張しているのだと気づいた和孝は、わかったと返したあと、いつの間にかずっと伏せていた視線を上げ、肩をすくめてみせた。

——おかしいよな。もう怪我は治ってるのに、途中で痛くなったらどうしようなんていま考えてた。

久遠は肩の手を和孝の頭にやると、いつものようにくしゃくしゃと乱した。

——あれだけ動いて平気なら、痛むことはないから安心しろ。

——あれだけ動いて？

——俺の上で。

上目遣いで顔を覗《のぞ》き込《こ》まれ、ようやくその意味を察する。気恥ずかしさからわざと仏頂面を作り、空惚《そらとぼ》けてみせた。

——そうだっけ。よく憶《おぼ》えてない。

——どんなふうだったか、聞くか？

わずかに身を屈《かが》めた久遠が、耳許《みみもと》に顔を寄せてくる。途端に心臓が跳ね、朝っぱらから強すぎる刺激に慌ててかぶりを振った。

——……いらない。ていうか、久遠さん、もう時間だろ？

俺に構ってる場合じゃない、と壁の時計を指差す。

——残念だ。

それにしてはあっさり離れていった久遠は、鞄《かばん》を手にリビングダイニングを出ると玄関へ向かった。

その背中を追い、革靴を履くまで待ってから、振り返った久遠にキスをしたのはもちろんお返しだ。

多少は効果があったらしい。「いってらっしゃい」と手を振ると、その手を摑《つか》まれるが早いか、引き寄せられ、腰を抱かれて、朝からするには不似合いなほど濃厚な口づけをするはめになった。

最後に軽く唇を食《は》んでから解放されたが、立っているのがやっとだった。

——いってくる。

しれっとした顔でそう言い残し、久遠が出ていって数十秒後、その場にしゃがんだ和孝は、なんだよ、と疼《うず》いたままの唇を拭った。

久遠の手のひらの上だ。久遠の不意打ちのおかげでよけいな緊張が解け、肩から力が抜けたのは事実だった。

「やっぱり飼い猫だな」

そう言われることがまんざらでもない時点でわかりきっている。厭というほど甘やかされ、可愛がられて、どうして反抗し続けられるだろう。

昨夜もそうだった。

「あれだけ動いて」というあの言葉は事実で、久遠の上に跨《また》がって我を忘れた。夢中になるあまり、久遠に宥《なだ》められたほどだ。

──ゆっくりで構わない。

最中の、普段より少し上擦った声を思い出すと、まるで条件反射のように身体《からだ》が疼く。

──ああ、それでいい。

──……でも。

──大丈夫だ。うまくできてる。気持ちいいよな?

──ん……いい。

きつく掻《か》き抱《いだ》かれ、だらだらと終わりのない快楽に翻弄《ほんろう》され、一から十まで久遠に委《ゆだ》ねてされるがままになった。

──久遠、さんは? よくなれてる?

──わかるだろう? すごくいい。

その後はひたすら溺《おぼ》れた。隙間《すきま》のないほど肌を合わせ、キスをして、何度達したのか自分でもわからなくなった。

「………」

半ば衝動的に隣へ手をやる。

当然そこにぬくもりはない。

たった二晩。二晩の留守を寂しいと感じる。いつからこんなふうになったのか、なんて飼い猫の自分には愚問だろう。

電話越しに声を聞いたせいでなおさらだ。

早く会いたい。

素直にそう思えることが照れくさく、少し愛《いと》おしくもあった。

実家のリビングダイニングで、和孝はひどく緊張していることに気づいていた。

それも致し方がない。二度と足を踏み入れるつもりのなかった実家に、渋々とはいえ自分の意思で足を踏み入れたのだ。

もっとも当時とは内装も雰囲気もまったくちがう。家を出て久しいのだから、ちがって当然だ。

ダイニングテーブル、ソファ、テレビ、壁の時計。その隣には、義母の趣味なのかパッチワークのタペストリー。

唯一見憶えのあるチェストに目を留めたとき、反射的に眉根が寄った。いっそすべてがちがっていたほうがよかったのに、と。

これ見よがしに古いチェストを使い続けている理由がわからない。単に買い替える必要がなかったにしても、自分にしてみれば、十代の頃の厭な記憶を呼び覚まされるだけの代物だ。

「忙しいのに、悪かった」

コーヒーをテーブルに置いた父親が、向かいのソファに座る。

これには返答せず、わかってるなら呼びつけるなよ、と心中だけで吐き捨てた。

父親の意向か、どうやら義母と孝弘は出かけているようで、自分たちの他にひとの気配はない。用件がなんであれ、ふたりがいると話しづらい内容なのだと察するには十分だった。

現に、顔を合わせたときにはすでに父親の眉間《みけん》に深い縦皺《たてじわ》が刻まれていた。

不機嫌、というよりも頑固な性分が顔に表れているのだ。自分も昔のままだったなら、もしかしていま頃同じ縦皺ができていたかもしれない――想像しただけで背筋が寒くなる。

月の雫の件では対面で話し合ったし、胃潰瘍《いかいよう》で父親が入院した際には見舞いにも行ったというのに、こうして向き合うといまだになんとも言えず厭な気分になる。

視線をそらしたまま、こちらから本題に入った。

「で？　なんの用？」

正直、一分一秒でも早く終わらせてしまいたかった。

「月の雫は盛況のようだな」

などと思った矢先に、この一言だ。

「まさか、そんな話をするためにわざわざ来させたわけじゃないよな」

おとなげないというのは重々承知で、失笑する。

確かに月の雫は父親から引き継いだ店だが、相応の金額を支払ったし、みなで一から創り上げたまったく別のバーだ。盛況、なんて上から言われたくない。

名前を変えればよかった――。

「いや」

父親が、一度ソファから腰を上げる。不審に思って目で追うと、チェストから箱を手にして戻り、それをテーブルの上に置いた。

「…………」

いったいなんだというのだ。

訝《いぶか》しみ、首を傾《かし》げた和孝の前で、父親が箱の蓋《ふた》を開ける。そこに入っていたものを目にした瞬間、反射的に息を吞《の》んだ。

父親が箱から取り出したのは、Wednesday だ。

「――愛読書だとは知らなかったな」

最新刊を含めて、数冊ある。テーブルの上に並べられたそれがなにを意味しているのか、問うまでもなかった。

すべての表紙に木島組の文字が躍っている。つまり、木島組の記事が掲載された号を選んで入手したのだ。

「いつだったか美容院で偶然見たとかで、妻が週刊誌を買って戻った。まさかと思ったが――これは Paper Moon だろう」

南川の書いた記事に添えられた写真を指差し、問われる。モザイクがかかっていても、見るひとが見ればすぐに気づくだろうと当時苛立《いらだ》ったのをよく憶えている。

「いままで静観していたが――またこんな状況になっているんだな。何度目だ？」

父親の口調に微かな非難が混じる。これまで目を瞑《つぶ》っていたものの、今回の記事でとうとう堪忍袋の緒が切れたとでも言いたいようだ。

「で、いつ問《と》い質《ただ》そうかって、証拠集めをしてたってわけ？」

不必要に棘《とげ》のある言い方をするのは、なぜ父親が Wednesday を買い集めたのか察しがつくからだ。この後言いそうな台詞《せりふ》をいくつか思い浮かべると、厭でも好戦的になる。

案の定、なかでも最悪な一言を父親は発した。

「久遠という男とは、どういう関係なんだ」

名指ししたからには、多少は調べたのだろう。だとすれば「どういう関係」なのかすでに知っていながら、問うたことになる。

「あんたに説明する必要があるとは思えないんだけど。というか、俺をわざわざ来させた理由が、まさかこんなくだらない質問をするためなんて言わないよな」

は、と鼻で笑ってみせる。

なにより、義母のことか、それとも父親の経営する店のことかと多少なりとも心配していた自分が、ばかみたいに思えた。

「くだらないわけあるか。相手はやくざだ。あの手の連中はこっちの弱いところをついてくる。すべてを失ってからじゃ遅いんだぞ」

いまにもテーブルを叩《たた》かんばかりの勢いで責めてくる。

父親が真剣であればあるほど、気持ちが冷えていった。

「それは、自分の経験から？」

家にやくざが出入りするのを放置していた過去を持ち出す。瞬時に苦い顔になるところをみると、一応の罪悪感はあるようだ。

正面から視線を合わせるのを躊躇《ためら》っていた和孝だが、ひたと父親を見据えた。

「悪いけど、助言なら間に合ってる。俺が誰とどうつき合おうと、あんたに口出しされたくない」

そんな権利があるのかと言外ににおわせる。

本来であればぐうの音も出ないはずなのに、父親はこちらに身を乗り出し、さらに不快な言葉を重ねた。

「意地を張っている場合じゃないだろう。世間の目もある。おまえには、従業員に対する責任があるんだぞ。おまえひとりが納得していればいい話じゃない」

世間の目があるのも責任があるのもそのとおりだ。が、だからといって素直に忠告を受け入れると思っているのだとすれば、おめでたいと言うほかない。

親子ごっこにつき合わされるなんて、ごめんだ。

「なにも知らないくせに、上辺だけ父親面して悦に入るのはやめてくれって言ってるのがわかんないかな。少なくともあんたには迷惑かけないから、安心して」

「そういうことを言ってるんじゃない！」

しつこく食い下がってくる父親に、わざと舌打ちをする。こうまでひとの神経を逆撫《さかな》でできるなんて、いかにも父親らしい。

これ以上顔を合わせていても腹立たしいだけだ。来るんじゃなかったと悔やみつつ、和孝はソファから腰を上げ、背中を向けた。

口論になる前に出ていくつもりだったが、当の父親が台無しにする。

「心配になるのは当たり前だ。おまえは、見た目も中身も千鶴《ちづる》にそっくりで――」

「いいかげんにしろよっ」

かっと頭に血が上り、振り向きざま声を荒らげていた。

「都合のいいときだけ、母さんの名前を出すんじゃねえよっ。なにがそっくりだ。俺のことも母さんのことも、ぜんぜん知らないだろ。あんた、ほとんど家にいなかったくせに。母さんが死んだときだって、仕事を優先したじゃないか！」

怒鳴る気なんてなかった。けれど、亡くなった母親まで持ち出され、そのせいだと言われて、どうして黙っていられるだろう。

怒りで、握りしめたこぶしが震える。

「和孝」

「話しかけんな。なにを言われたって俺は好きなようにするし、あのひととも絶対に別れない。それが厭なら、いつでも縁を切ってくれ」

できるなら、いますぐにでもこっちから切りたいくらいだ。

もう話は終わりだと唇を引き結び、肩を怒らせたまま踵《きびす》を返す。二度とここには来ないと固く誓いながら、玄関へ足を向けた。

「まだ話の途中だ」

これ以上なにがあるというのだ。追いかけてきた父親を無視して目の前で玄関のドアを閉めると、車に乗り込む。エンジンをかける間ももどかしく、すぐにアクセルを踏み、敷地《しきち》を出た。

激情のため、ハンドルを握った手がまだ震えている。

もう十代の子どもではない。仲を修復するつもりはなくとも、月の雫を受け継いだ時点で、いつまでも過去を引きずるのはそろそろやめにしようと考えていたのに――いまのやりとりでそんな気持ちなど吹き飛んだ。

「……よくも、あんなことを」

息子を貶《けな》したいなら、そうすればいい。ただ、そのために母親の名前を出すなんて、どうして許せるというのか。

舌打ちをした和孝は唇に歯を立て、何度も深呼吸をした。

母親の記憶が曖昧なせいで、自分のなかの理想像を当てはめ、美化している部分があるのはわかっている。

息子にはわからない、父親だけが知る一面もあったかもしれない。

が、父親が仕事ばかりで家庭を顧みず、母親の死に目に間に合うどころかずいぶん遅れて駆けつけたのは事実だし、その後については言うまでもなかった。いまになって父親ぶられて素直に従うと思っているのだとすれば、あまりに浅はかだ。

結局、こっちを軽く見ているのか。

半人前の息子なんてどうにでもなると思っているから、平気であんな台詞を吐けるのだろう。

「……っ」

落ち着くどころか、よけいに苛立ちが増してくる。赤信号で停《と》まったとき、ハンドルを指先で叩いていることに気づき、また舌打ちをした。

こんなことで厭な思いをしたくない。腹を立てるのも癪《しゃく》だ。

あのひととは相容《あいい》れない。軽く流せばいい。なにもかもいまさらだ。そう自分に言い聞かせるが、うまくはいかなかった。

のこのこ出かけていったあげくがこれだ。やめておくべきだった、と悔やみつつ久遠宅へ車を走らせる。

途中でスーパーに寄ったため、到着するまでおよそ一時間。それだけあれば多少は頭が冷えてもいいはずなのに、こればかりはどうしようもない。地下駐車場に車を駐め、苛々を引きずったまま降車する。

直行のエレベーターで最上階へ上がると、合い鍵《かぎ》を使って中へと入った。

午後三時過ぎ。夕食の準備をするには早すぎる。食材を冷蔵庫にしまったあと、コーヒーを淹《い》れ、ソファにどさりと腰を下ろした。

大人になりきれていないというなら、そのとおりだろう。自覚していても、どうしてもあの一言には冷静ではいられなかった。いま思い出しても、カップを持つ手が震えてくるほどだ。

「……久遠さんが仕事でよかった」

こんな状態で顔を合わせれば、促されるまま感情を吐露し、言わなくてもいいことまで言ってしまいかねない。これまで幾度となく久遠相手に愚痴をこぼしてきたとはいえ、その間の自分はどれだけひどい顔をしていたか、それを思うとやはり避けたかった。

ゆっくりとコーヒーを飲んだあと、時間を持て余してフローリングにモップをかける。定期的にハウスキーパーが入っているのでまったくやりがいはなく、四時半になったのを確認してからキッチンに立った。

マッシュしたポテトとアンチョビをざっくり和《あ》え、湯葉と春菊、トマトのサラダにはちりめんじゃこをたっぷり散らす。

今日のメインは挽《ひ》き肉に椎茸《しいたけ》を混ぜ込んだ和風ロールキャベツ。ビールのつまみにゴーヤとコーンのかき揚げ。

途中から没頭できたおかげで、やっと気持ちが落ち着いてくる。

かき揚げは久遠が帰ってからにするか、と壁の時計へ目をやったちょうどそのタイミングで着信音が耳に届く。かけてきた相手を確認したところ、そこにあったのは「父親」の文字だった。

眉をひそめ、携帯をカウンターに戻す。すぐにまたかかってきた電話に、誰が出るかよと心中で悪態をついた和孝だったが、父親もあきらめたのか、メールに切り替わった。

無論、メールにも応じるつもりはなかった。

「せっかく落ち着いたってのに」

どうせ勝手に帰ったことへの苦言に決まっている。あんな台詞をぶつけておきながら、よく平気で連絡してこられるものだと、父親の厚顔さには驚きを通り越して呆れてしまう。

いや、昔からそうだった。

一方的で、他者の気持ちなどわかろうともしない。あの性格はずっと変わらないのだろう。勝手にすればいい。ただこっちは二度と関《かか》わらないだけだ。

放《ほ》っとけよ、と吐き捨てたとき、ドアの開閉の音が聞こえ、迎えるために和孝は玄関へ足を向けた。

「おかえり。お疲れ様！」

ただいま、と久遠が革靴を脱ぐ。できる限り明るく振る舞おうとしたのが裏目に出たようで、リビングダイニングに入ってすぐ、ネクタイを緩める傍ら呼び止められた。

「なにかあったのか?」

「……え、なんで?」

一度は笑顔で切り抜けようとしたものの、すぐに無駄だとあきらめる。自分はそれほど要領がよくないし、久遠は些細な変化に敏《さと》い。これまで一度としてうまくいったためしはないのだ。

こぼれそうになるため息を吞み込み、できるだけ簡潔に昼間の出来事を口にのぼらせた。

「今日、実家に行くって言っただろ? わざわざ呼び出してなんの話かと思ったら、Wednesday の既刊を出されてさ」

軽い調子で肩をすくめてみせる。

実際、時間がたったからという以上に久遠の顔を見たことで安心したらしく、気持ちはずいぶん楽になっていた。

「もちろんこの前出たヤツも買ってあって、どうなってるんだって説教してくるわけ。親子ごっこにつき合う義理はないから、早々に退散してきた」

とはいえ、母親に関する一言についてはとても切り出せなかった。それほどまでに自分が母親に関してこだわっているのだと、あらためて実感するはめにもなった。

ネクタイを外した久遠はソファに腰かけ、隣に座るよう視線で促してくる。

「ムカついたってだけだから、どうでもいいけど」

実際長引かせるような話ではない。言い訳をしながら従うと、久遠にとってもけっして気持ちのいい話ではないだろうに、ふと口許を綻ばせた。

「親子喧嘩《げんか》か」

「売られた喧嘩だから」

は、と鼻で笑う。

「目に浮かぶようだ」

一言だけ返した久遠が、肩に腕を回してきた。髪に触れてくる手の心地よさに、胸にくすぶっていた不快感が洗われていく。

現金なのは、いまに限らずこれまでもそうだった。

共感してくれたことも同情してくれたことも一度としてない。自分にしてもそうしてほしいと望んでいるわけではなく、ただ黙って傍にいてくれるだけで十分だ。

「孝弘に厭な思いをさせたくない。でも、いまさら親子ごっこなんてしようっていうのが間違いなんだよ」

孝弘の名前を出すと、ちくりと胸が痛む。本来であれば、兄に甘えたい年頃だろうに、と。

「ほんと、こんな兄ちゃんで可哀想《かわいそう》だな」

「なんだ。気に病んでいるのはそっちか」

父親に怒っていたのは事実だ。

半面、親子関係が険悪だから孝弘に厭な思いをさせているという後ろめたさがあるせいで、これほど引きずってしまうのだと気づく。慕ってくれているのがわかるぶん、なおさらかもしれない。

「落ち込むから、考えたくないんだけど」

ずっと堪《こら》えていたため息が、久遠の前でこぼれ出る。

「うざ」

なによりうざいのは、割り切れない自分自身だ。父親への感情はさておき、孝弘を可愛いと思う気持ちは本当なのに、罪悪感のほうが大きかった。

いっそのこともう会わないほうがいいのかもしれない。中途半端に兄貴面するのは、あまりに身勝手なのではないか。何度も考えたにもかかわらず、いまだできずにいるのは、結局のところ和孝自身の弱さだろう。

「……もうこの話はやめよう」

自ら切り上げ、ごめんと久遠に謝る。吐き出したことで多少なりとも気持ちの整理がついたが、他人の家族問題の愚痴なんて聞かされるほうはたまったものではない。

「そうだな」

久遠は片笑んだ。

最後に髪をくしゃくしゃとかき混ぜてから、離れていく。いままで何度もそうされてきたが、手のひらから久遠の気持ちが伝わってくるようで、たったそれだけのことで今回も心が凪《な》いだ。

「お風呂《ふろ》入ってきたら？」

気分を切り替え、久遠にそう声をかけるとキッチンへ足を向ける。

「和孝」

呼び止められて振り向いた和孝に、久遠がバスルームのほうを指差した。

「いや、でも、怪我はもう治ってるし」

自宅療養中の風呂は、毎回久遠の世話になっていた。両手が使えたにもかかわらず髪も身体も任せきりで、我ながら甘えすぎたと自覚がある。

「どうする？」

もっとも怪我の治ったいまは、補助目的の誘いではない。迷ったのは一瞬で、キッチンではなく久遠とともにバスルームに向かうほうを選ぶ。

夕食の準備。久遠との時間。

いま必要なのは、当然後者だ。

リビングダイニングを出たときには、すでに先刻の父親のことなどどうでもよくなっていた。

衣服を脱いで全裸になってすぐ、頭からシャワーを浴びる。あとから入ってきた久遠の胸に手を伸ばすと、ぐいと腰を引き寄せられた。

髪、こめかみ、耳へのキスのあと、うなじに唇を押し当ててきた久遠が口を開く。

「橋口《はしぐち》、憶えているか？」

「橋口？」

聞いたことのある名前だ。

「あー……もしかして、奥多摩《おくたま》にいたひと？」

あの場には組員が数人いて、誰かがその名前を呼んでいたのを聞いたような記憶がある。面識があるのは真柴《ましば》くらいだったので、他の組員の顔はよく見ていないし、そういう状況でもなかった。

「ああ」

ボディソープを肌の上で広げられる心地よさに身体を預ける一方で、組員の名前を出してくるのは相応の話にちがいないと、濡《ぬ》れた顔を両手で拭った。

「行き帰りに警護をつける。今回は津守の会社を使うが、橋口にも加わってもらうつもりだ」

　明日から、とつけ加えた久遠に戸惑い、身を離す。

「え、でも、沢木くんとその話をしたとき、まだいいってことにならなかった？」

　慎重になるのは大事だ。しかし、不確定な未来にやきもきしてもしようがない。警護なんて、できれば避けたいと思うのは客商売をしていれば当然だ。

　あのときそう言った和孝の意向を、久遠も優先してくれたはずだった。

「身辺調査をしたが、夏目湊の前歴がまだ特定できない。筆名だとしても、過去にめぼしい記事は見つからなかった」

「それって」

　一度唇を引き結んでから、顎《あご》を上げて久遠を見た。

「故意に隠してるってこと？」

　めぼしい記事が見つからないのは、駆け出しの記者だからか。ただし、前歴がまるごと不明となれば、隠さなければならないなにかがあるせいだと考えられる。

「その可能性もあるという話だ」

「そっか……うん」

　そういう話なら、承知するしかない。少なくとも先方の目的がはっきりするまでは用心する必要があるだろう。

「わざわざお風呂で切り出したのって、もしかして面倒くさい話をする前に機嫌をとっておこうって?」

　黙っているところをみると、図星だったらしい。確かに、ただでさえ落ち込んでいたときに普通にこの話をされたなら、もっと神経質になったかもしれない。そういう意味では、久遠の作戦勝ちだ。

「なんだか久遠さん、最近、俺の扱いがうまくなったよな」

　もとより不満なわけがない。それどころか、ちゃんと察して、気遣ってくれることが単純に嬉しかった。

　記憶をなくして以降の久遠は、わかりやすく情を示してくれる。それが手懐《てなず》けるための近道、もしくは記憶を取り戻すためのひとつの手段だとしても、急速に距離が縮まったのは本当で、おかげで和孝は事あるごとにこれまで味わったことのない甘ったるい心地に浸っている。

「不満か?」

「まさか」

「ちゃんと隅から隅まで洗ってやるから安心しろ」

　ふたたび久遠に引き寄せられる。

「長風呂になっても知らないよ」

　こちらからキスをしかけると、唇を触れさせたまま久遠が笑った。

「それは、期待していいってことか?」

「さあ、どうだろ」

答えるが早いか、その場で膝《ひざ》をつく。

久遠が自分を知り尽くしているのと同じように、熟知している久遠好みのやり方でお互いを高めていった。

宣言どおり長風呂になり、濃密な時間を過ごす。バスルームの中だけで終わらず、予定外に夕食が遅くなったのは致し方のないことだった。

2

Paper Moon《ペーパームーン》の閉店後、近くのパーキングまで津守《つもり》と肩を並べて歩く。月の雫《しずく》が定休日の今日は、津守自身が警護に当たると、ついさっき聞かされた。

「本来の仕事だけでも忙しいのに、面倒かけてごめん」

休日返上で、津守がフレアバーテンディングの練習をしているのを知っている。

津守のフレアバーテンディングは、いまやなくてはならない月の雫の売りだ。持ち前の運動神経とセンスをいかんなく発揮できるという点では、Paper Moon での接客よりもふさわしい仕事だといえるだろう。

「今夜の警護は、俺から申し出たので」

そこで言葉を切った津守が、少し照れくさそうに鼻の頭を掻《か》いた。

「うちの会社に任せてもらえて光栄っていうか、気合が入っているっていうか。まあ、今回は裏の……組織絡みじゃないからかもしれないですけど」

津守の言うように、内部抗争等であれば、久遠《くどう》は木島《きじま》の組員を使ったはずだ。それは自衛であり、配慮でもある。

今回全面的に津守に任せたのは、裏社会の人間が絡んでいる可能性が低いというのもあるが、久遠のなかで津守が身内同然に信頼できる人間になっているからだ、と思っている。

津守もそれをわかっているからこその言葉だろう。

冴島《さえじま》がよく口にしていた「縁」を、この年齢になってしみじみと実感できるようになった。

「津守くんが、津守くんでよかった」

「なんですか、それ」

「んー……まあ、変わってるっていうか？」

頰《ほお》を緩めた和孝《かずたか》は、顎《あご》を上げ、夜空を仰いだ。

ぼんやりと浮かんだ月。

空なんて見たこともなかった自分が、宮原《みやはら》に拾われ、BM《ビーエム》で働くようになって以来、夜ごと空を見上げて月を眺めるようになった。BMが焼失した後もそれは変わらず、もはや日課になっている。

「変わってますか？　俺」

「変わってるだろ。だって、世間から忌み嫌われている人間に対して、光栄なんて普通は思わないし」

村方《むらかた》も同じだ。久遠と仕事上の繫《つな》がりがないぶん、村方にとって久遠は単純に同僚の恋人だという、それ以上でも以下でもない。

ふたりとも色眼鏡で見てくることなく、当たり前に接してくれる。

それがどれほどありがたいか。なにしろじつの親でも週刊誌の記事を鵜呑《うの》みにして詰《なじ》ってくるくらいだ。

「なるほど、そこか」

同じように空を見上げた津守が、ある意味驚くようなことを口にした。

「そうなんでしょうけど、ひととひとのつき合いって、組織とか仕事だけじゃないですからね。考え方とか生き様とか、そっちのほうが比重は大きいでしょう。少なくとも俺はそうだし、あのひとはひとりの人間として信頼してます」

「…………」

これ以上の言葉があるだろうか。

一生の宝だと思っている友人、仲間が、大切なひとを認めて、信頼を寄せてくれているのだ。嬉《うれ》しくないはずがない。

「……ありがとう」

柄にもなく熱いものがこみ上げ、上を向いたまま礼を言った。

どうやら津守も照れくさくなったらしい。膝《ひざ》で大腿《だいたい》を小突いてきた。

「ってことで、せっかくの信頼を裏切りたくないんで、なにがなんでも守らせていただきますよ」

茶化した言い方をした津守に合わせ、

「ちゃんと守ってもらえるよう努力します」

足を止めて頭を下げる。

また歩きだし、パーキングまで来たところで、車の傍《そば》に立つ男に気がついた。男はこちらを見ると、会釈をした。

「橋口《はしぐち》です」

事前に顔合わせをすませているのか、躊躇《ためら》わずに近づいていった津守に和孝も倣う。

橋口は、会社員だと言われても誰も疑わないであろう、三十前後の普通の男だった。

「警護自体は津守さんの会社が担当するので、主に連絡役になります」

しかも口調も態度も丁寧で、一口に組員といってもいろいろなタイプがいるんだな、とあらためて思う。

上総《かずさ》。有坂《ありさか》。沢木《さわき》。真柴《ましば》。伊塚《いづか》。

そもそも長である久遠が異質、異例と評されるような組なので、木島組が特別そうなのかもしれないが。

「よろしくお願いします」

和孝も頭を下げると、橋口は挨拶《あいさつ》をして去っていった。

「あのひと、わざわざこれだけ言うために待ってたんだ」

橋口が消えたほうを見たままそう言うと、

「安心してもらうためですね」

津守が普通であるかのように返す。

「いくら警護のためって聞いていても、得体の知れない人間には警戒するでしょう。しかも相手はマスコミですからね。ちなみにうちのスタッフにもその都度顔見せさせます」

「そっか。お気遣い、ありがとう」

これも「縁」のおかげだ。みなに支えられて、自分の人生がある。

「いえいえ。じゃあ、俺はバイクで追いかけるんで、車に乗ってください」

津守に促され、車に乗り込む。パーキングを出ると、普段はスクーターで行き来している道程を車で走った。

数十分で品川《しながわ》の自宅に着く。

現在、久遠宅に帰る日のほうが多いとはいえ、週に一、二度は自宅でやるべきことをやるようにしている。

たとえば家事雑事をこなしたり、レシピノートにじっくり向き合ったり、Paper Moonや月の雫をよりよくするためのアイディアを練ったり。

ひとりになってそういう時間を持つのは重要だ。

「お世話になりました。気をつけて帰ってな」

わざわざエントランスまで入ってきた津守と別れ、エレベーターで最上階へ向かう。玄関のドアを開けた和孝は、ただいまと口にし、すでにそれが癖になってしまっていることに苦笑いした。

「ただいま」「おかえり」「お疲れ様」「おやすみ」「おはよう」

ひとりのときには縁のない言葉だ。久遠と一緒に過ごす時間が増えた現在は、癖になるほど当たり前になっている。

「うわ。蒸《む》し風呂《ぶろ》」

真っ先にエアコンのスイッチを入れ、そのあとバスタブに湯を張る。下着とパジャマを取り出していると、カウンターに置いた携帯電話が震えだした。

久遠だ。

「お疲れ様」

そう口にしたあと、久遠の所在を確認する。

「家から？　まだ仕事？」

『車の中だ』

「了解。沢木くんと一緒ってことだね」

久遠ひとりか、そうじゃないかで多少話の内容は変わってくる。口調にも気をつけなければならない。なにしろ先日の件がある。

怪我《けが》の見舞いに来てくれた津守と村方のやりとりは、無自覚だっただけに驚いた。

――やっぱり。オーナーもちがいましたよね。

――そこはまあ、柚木《ゆぎ》さんはわかるだろ。

――そうなんですけど、ふたり一緒のところ初めて見たので。

――スルーするのが大人の対応だからな。

久遠といるときの自分がどんな表情をして、どんな態度をとっているかなんてわからない。

が、ふたりの会話から察することはできる。

「俺は、津守くんが送ってくれていまちょうど帰ったところ。あと、今日はありがとう。わざわざ橋口さんが顔見せに来てくれた」

『そうか。明日から津守の会社の人間がつくが、たまに橋口の顔も見ることになるだろうからそのつもりでいてくれ』

「わかった。ていうか、久遠さんところの組員さんって、ほんと普通だよな。そうだって言われないと気づけない」

ふっと久遠が笑う。

『適材適所だ』

つまり、いかにもな外見、雰囲気の者もいるということだ。むしろそちらのほうが多いのかもしれない。

反社会的組織への風当たりがなにかと強い昨今、昔のままのやり方では通用しなくなっているのは確かだ。表に出る可能性がある場合、一般人に見える組員を使うのは自衛のためにちがいなかった。

「おやすみ」

『ああ、おやすみ』

短い電話を終える。物足りなさはあるものの、互いに話が弾むタイプではないのでこれくらいがちょうどいい。普段から同じ部屋にいても、久遠も自分も黙っていることのほうが多いのだから。

それでいて気詰まりでないのは、努力の結果だと思っている。いいときも悪いときも、ふたりでいるためにはどうすればいいのかと、自分のみならずおそらく久遠もその都度考えたはずだ。

携帯をカウンターに戻したそのタイミングで、給湯パネルから軽快なメロディが聞こえてきた。着替えを手にしてリビングダイニングを出た和孝は、もうひとつ思い出して自然と頬を緩めていた。

――なんというか、自宅で、柚木さんの前だとちょっと雰囲気がちがうんだなって。いや、当たり前なんだろうけど、なんだかびっくりして。

自分だけではない。久遠もちがうと、あのとき津守は言った。

「なんの問題もないいな」

久遠はいまどんな顔をしているだろうか。自分の前と津守の前では、どう変わるのだろう。久遠を想《おも》い、細かな表情の変化やちょっとした仕種《しぐさ》をあれこれ思い浮かべるいまこのときも、和孝にとっては大事な時間だった。

翌朝、定時に外へ出ると、路肩でバイクに跨《また》がっている男と目が合った。会釈をしてきた男の風貌《ふうぼう》は、津守から携帯に送られてきたリストの顔写真で確認済みだ。名前は、田埜《たの》中順一《なかじゅんいち》。

津守綜合《そうごう》警備会社に入社してから十年のベテラン警護員だ。

会釈をして車に乗り込み、いつもどおりの道を走りだす。ルームミラーに映ったバイクを時折チェックする間に何事もなくパーキングに到着し、そこから数分歩いて普段と同じ時刻に Paper Moon のドアを解錠した。

田埜中に軽く頭を下げて店内に入ったあと、メニューボードに本日のランチメニューを書き始めてまもなく、津守と村方がやってくる。

いつもどおり、平穏な一日の始まりだ。

開店準備もスムーズに進み、定刻に津守が外へ出て、ランチの客を迎え入れる。ランチタイムはほとんどが近くのオフィスで働く常連客で、雑談を交えながら席に案内するのも日常の一幕だった。

SNS効果は続いていて、「#イケメンレストラン」はいまも使われていると聞く。常連客の連れを除いた新規の女性客は、ほぼ全員SNSから興味を持って店に来てくれたひとたちで、口コミのありがたさをあらためて実感した。

昼の部を終えてひと息つき、カウンター席で並んで賄いのカレードリアを食べていたときだった。

店のドアが開き、男がひとり入ってくる。

「すみません。この時間、クローズしていて」

すかさず津守が立ち上がって応じたが、男は意に介さず、店内をぐるりと見回してからこちらに歩み寄ってきた。

「いま休憩中です」

ただの客ではないと察したのだろう、村方と自分を守るように立ちはだかった津守の背中に力が入ったのがわかった。

一方で、男は無防備ともいえるほどリラックスして見える。配慮はもとより、気まずさもまったくないようだ。

三十代、もしくは四十代のごく普通の男。あまり見た目に気を遣わないタイプなのか、長めの襟足は毛先が傷んでいて、かさついた肌には剃《そ》り残した髭《ひげ》がある。

身長は百七十半ばで痩《や》せ型、目鼻立ちははっきりしている。

「……あなた」

男を観察していた和孝は、ふと執拗《しつよう》に絡まれた記憶がよみがえってきて、男の正体に気づく。咄嗟《とっさ》に身構え、男を見据えた。

久遠の危惧《きぐ》が的中したらしい。先日催された『Au-delà《オドゥラ》』の五十周年記念パーティでしつこく絡んできた男だ。

おそらくこの男が今回Wednesdayの記事を書いたライター夏目《なつめ》湊《みなと》であり、裏カジノの動画を再アップしたのも彼にちがいない。

「夏目、湊さんですか」

前歴が不明だと久遠は言っていた。現時点でわかっているのは顔と、夏目湊という名を使っていることのみだ。

どうしてその名前を、と首を傾《かし》げた彼——夏目だが、すぐに思い至ったらしい。

「佐々木《ささき》さんか」

女性記者の名前を口にし、剃り残しのある顎を手のひらで撫《な》でた。

「まあ、べつに隠したいわけじゃないからいいですけど」

それならどうして特定できないのか。喉《のど》まで出かかった言葉を呑《の》み込む。この手の人間はこちらが興味を持てば喜ぶし、まともな答えが返ってくるとは到底思えなかった。

「すみませんが、お引き取りください」

せっかくの休憩時間に、と暗に告げる。かといって営業中に来られても困るので、迷惑だという態度を隠すつもりはなかった。

「用がすんだら退散しますよ」

この返答には、あえて笑ってみせる。

「あなたの用のために休憩時間を無駄にしろということですか」

先日のパーティのときのしつこさを思えば、この程度の皮肉でおとなしく退《ひ》いてくれるような人間ではないだろう。という予測は当たっていて、平然とした様子で夏目は用件に入った。

「俺は取材をさせてほしいだけですよ。いくつか質問させてもらったら、すぐに帰りますから」

おそらくレコーダーか携帯かで録音しているはずだ。南川《みなみかわ》の友人らしく、やはり似た者同士。相手の都合や心情などお構いなしに、自分の目的さえ果たせればそれで満足な人間だと察する。

「取材はお断りさせてもらってます」

たとえ一度きりと約束して取材を受けても、夏目がまたしれっとやってくるのは目に見えていた。亡くなった人間をいまさら非難するつもりはないが、南川がそういう人間だった。

「え、でも。以前女性誌のインタビューを受けてますよね。二度」

であれば自分にもインタビューをさせてくれてもいい、と口調から伝わってきて、呆《あき》れてしまう。

まさか女性誌をチェックしていたとは思わなかったものの、こちらに取材を受けるメリットが大いにあった女性誌と、なにを言おうと不利な記事しか書かない夏目とを同列にするほうがどうかしている。

そもそも素性のはっきりしない人間をまともに相手にする理由はひとつもなかった。

「お断りします」

それをいちいち説明する気はないので、同じ台詞《せりふ》をくり返す。

思案のそぶりを見せた夏目は、わかりました、と答えた。

「迷惑をかけたいわけではないので、今日のところは帰ります」

よく言う。しつこく絡んでくる時点で迷惑だ。

「何度いらしても、返事は同じです」

和孝がそう言うと、津守が一歩足を踏み出す。さっさと出ていけという無言の要求をどう思ったのか、降参とばかりに夏目が両手を上げた。

「俺は、事実を明らかにしたいだけなんですけどね。誤りがあるなら正したい。正しくありたい。それだけです」

そう言うと、写真だろうか、テーブルの上に四角い紙を置く。

無論、夏目の身勝手な講釈には耳を傾けず、和孝はドアを示した。

「出口はあちらです」

「わかってますよ」

夏目は踵《きびす》を返し、ドアへ向かう。

「また来ます」

出ていく間際に言い放った一言にしても想定内だったため、不愉快ではあっても腹を立てるほどではなかった。

「これは——」

夏目が置いていった紙を取り上げた津守に歩み寄る。手元を覗《のぞ》き込んだところ、やはりそれは写真で、あの裏カジノの動画の一コマだった。

写っているのは、対峙《たいじ》する有坂と三島《みしま》。それから遠巻きにしている富裕層の客たち。ピンボケではあるが、そのなかに久遠らしき男も見つける。となると、その後ろにいるのは自分だろう。

動画とはちがい、こちらにモザイクはない。数人は個人を特定できるほど明瞭《めいりょう》に写っている。

「……正しくありたい?」

まさか三島の裏カジノにいた客を特定し、公にすることが目的なのか。今回の木島組の記事はその手始めだとでも?

「傲慢《ごうまん》だな」

津守が眉根《まゆね》を寄せる。

「本当にそうですよ。誤りを正したいなんて、自分が正しいって前提の言葉ですからね」

村方も、怒りをあらわに同調した。

ふたりの言うとおりだ。もしも夏目の言動が正義感からだとすれば、これほど傲慢なことはない。功名のため、保身のためだった南川のほうがよほどわかりやすいし、まだ理解できた。

写真の裏には携帯の番号が書いてあった。もちろんかけるつもりはない。そのままゴミ箱へ放り込むとカウンター席に戻り、夏目のせいで冷めてしまったドリアを温め直して食べる。

不愉快な気持ちを引きずりたくなかったので、夏目のことは頭から追い出し、Paper Moonと月の雫のこと、雑談をしながらいつもどおり過ごした。

しかし津守は自分や村方よりも、夏目に対して違和感を抱いたらしい。食事を終えて、夜の部の準備にかかる前に渋い表情で切り出してきた。

「あの手の男はしつこい。それが正義だと思えばなんでもする。客観性なんかどうでもいいんです。自分が正しいと信じたことこそ正義なんですから」

けっして大げさではないと、津守の表情で伝わってくる。それが事実であるなら、いや、きっと事実なのだろう、南川より厄介だ。

「場合によっては、自分のことすら二の次にする」

そう続けた津守に、村方の喉が小さく鳴った。

「なんだか怖いです」

普段は「大丈夫ですよ」と力強い言葉で周囲を励ます村方の弱音だけに、こちらまで背筋が寒くなるような感覚に襲われる。

「いえ……でも、よく考えたら関係なくないですか？　あのひとが裏カジノにいたひとたちを摘発したいとして、僕たちがなんで巻き込まれなきゃいけないんでしょう。本来ならうちじゃなくて、客のほうに行きませんか？」

村方の疑問はもっともだ。

しかし、その理屈が通用しないというのも承知していた。夏目の記事には、過去に掲載された Paper Moon の写真と、簡単ながら説明文もあった。木島組との関係性を示唆しているのだ。

夏目が本気で正義を振りかざすつもりなら、つき合いのある和孝を、誤り、間違い、悪だと判断しても不思議ではない。

「なにより正したいんじゃないか？」

津守がいっそう眉間《みけん》の皺《しわ》を深くした。

「一般人であるなら、まっとうなつき合いをして、普通に暮らすべきだって」

津守のこの一言は、思った以上に胸に突き刺さった。

久遠とともに生きるとずいぶん前に決めたし、その気持ちが揺らいだことはないが、後ろめたさがこみ上げてくるのはこういう瞬間だ。津守と村方はもとより、冴島、宮原たちみなに甘えているという自覚は常にある。いまの自分は、あれもこれもと欲張ってなにひとつ手放す気がない状態なのだから。

しかも単純に正しいか正しくないかを論じるならば、こちらの不利は間違いなかった。

「それこそ傲慢。大きなお世話ですよ」

鼻息も荒く村方が断じてくれたおかげで、負の思考を振り払う。

少なくとも夏目にとやかく言われる筋合いはない。久遠を信じて、周囲のみなを信じてまっすぐ前を向く、それだけだ。

「…………」

ふいに父親の顔が頭に浮かんだ。

いまの自分の気持ちをそのまま伝えればよかったのかもしれない、と気づいたが——やはりあの父親では難しい。そもそも合わないのだ。

ため息を押し殺した和孝は、父親の顔も夏目の顔も頭から追い出し、準備の続きに戻る。俺はただ平穏でいたいだけなのに、と思いながら。

椅子《いす》に身体《からだ》を預けて一服していた久遠は、デスクの上で点滅し始めた内線ボタンに目を留め、受話器を手にする。

『夏目という記者が来ました。親父《おやじ》は留守だと伝えたんですが、帰るまで待つと言って正面の路肩に駐《と》めた車の中で居座ってます』

組員からの報告に、吸いさしを挟んだ指で覚えずこめかみを押さえる。居直った一般人ほど性質《たち》の悪い者はいない。

自分に利があるとなれば、相手の都合などお構いなしに突き進んでくる。目的を果たすためなら多少強引なやり方も許されると思い込んでいるのだ。無論こちらが指一本手出しできないという前提があるからできることだといえる。

「……まったく」

必要悪だなんだと甘言を並べて利用できるときはしておきながら、いざとなると途端に手のひらを返すのは警察のお家芸だ。いまや反社会的組織は共通の敵。これまで無縁に生きてきたひとたちまでもがやくざを過剰に恐れ、毛嫌いする。

実際締めつけはきつくなったし、いろいろとやりにくくなったのは事実だ。大半の者は一生やくざと接点なく過ごすだろうに、藪《やぶ》を突《つつ》いて騒ぎ立てるのもおかしな話だと久遠は思っている。

わざわざ目の敵《かたき》にしなくても、不要であれば自然に淘汰《とうた》されていくのにと。

夏目にしてもそうだ。鮮度が命にもかかわらず、手垢《てあか》のついたネタをいまさら蒸し返す理由はなんなのか。

煙草《たばこ》を咥《くわ》えたまま椅子から腰を上げ、ブラインドの間から窓の外を確認する。真正面に駐まっているグレーのワゴンが夏目の車だろう。

組員が無言の威嚇をしようとお構いなしだ。

短くなった吸いさしを灰皿に押しつけ、デスクに浅く腰かけ二本目に火をつける。そのタイミングで震えだした携帯を手に取ると、相手は和孝だった。

もう少しで午後四時半になろうかという時刻。

夜の部の準備中に電話をしてきた理由には、無論大いに心当たりがある。電話に出るや否や、案の定の名前を和孝は口にした。

『いま話して大丈夫？　じつはさ、ちょっと前に夏目さんが取材したいって店に来た』

和孝に門前払いをされたその足で、ここへ来たようだ。となると当然、都築《つづき》のもとへも押しかけているにちがいない。

『一応伝えておいたほうがいいかと思って。断ったらすぐ帰ったけど、写真を置いていった』

「写真？」

『そう。あのカジノで、有坂さんが……』

和孝は言葉を濁したが、なんの写真であるか問うまでもなかった。おそらく裏カジノで有坂と三島がやり合った動画からプリントしたものだ。

「なにか言ってたか？」

『うん。言ってたね』

和孝の口調にわずかながら嫌悪感が滲《にじ》む。

『正しいことをしたいんだってさ』

「正しいこと？」

夏目がそう言ったのなら、和孝の神経を逆撫《さかな》でしただろうと容易に想像がつく。

『誤りを正したい、正しくありたいから取材したいって言われても、なんだそれって感じだよな』

自分で口にして苛立《いらだ》ちが再燃したのか、和孝は鼻で笑った。

『動画が出た直後だったら、俺も多少は用心したのにな。遅いんだよ。世間の関心だってとっくに薄れてるだろ』

和孝の言い分はそのとおりだ。が、仮に今回の都築の記事に絡めて裏カジノにいた著名人を暴けば、世論は一斉に彼らを非難し始めるだろう。そうなればマスコミも無視できなくなり、南川のとき同様、あるいはそれ以上に盛り上がる可能性もある。

けっして軽くは片づけられない。

『また来るって言ってたけど、無視するつもり』

「それでいい」

いま、そこに夏目が来ている事実はあえて話さないまま電話を終え、その手で今度はデスクの上の受話器を取り上げた。

「夏目を会議室に通してやれ」

組員に指示し、ゆっくり煙草を吸ってから腰を上げる。部屋を出てエレベーターで階下に降りると、そこには沢木が待機していた。

「身体検査をして、スマホと、念のため万年筆を預かりました」

内線を受けたのは別の組員だったにもかかわらず、沢木が自ら案内役に名乗りを上げたようだ。過去の件があったせいで、沢木はこの手のことには過敏になる。和孝絡みとなると、なおさらだろう。

「同席してもいいですか」

そうしたいという強い意志のこもった沢木の問いに、ああと返す。夏目の用件がなんであれ、どうせ二、三分で切り上げるつもりだった。

奥へ足を向け、沢木が開けたドアから会議室の中へ入る。

手持ち無沙汰《ぶさた》な様子で天井を眺めていた夏目は顎を引くと、椅子に座った状態で頭を下げた。

「初めまして、夏目です。取材を受けていただき、感謝します」

かと思えば、挨拶もそこそこに、こちらが椅子に腰かける前にさっそくクレームをつけてくる。

「スマホまで取らなくてもいいんじゃないですか？　万年筆も奪われたから、録音もメモもできなくて困るんです」

やくざの事務所と知って乗り込んでくる者らはまともではない。常識のある人間であれば、人目のある公の場を選ぶはずだ。

しかも目の前の夏目は緊張感に欠け、かといって熱量を感じるかといえば——それもない。

「そういう条件だったろ。いまさらなに言ってるんだ」

立ったままの沢木が上から夏目を睨《ね》めつける。

「まあ、そうなんですけど。一応、抗議をさせてもらいました」

怯《ひる》むことなく夏目は両手を広げ、他意がないことを示した。

「てめえ」

癇《かん》に障ったのか、沢木が低く唸《うな》る。

それを制してから、久遠は口を開いた。

「用件は手短に頼む」

なおも不満そうだった夏目だが、わずかに身を乗り出すと、いきなり捲《まく》し立て始めた。

「では、さっそくですが、『Au-delà』の会長の都築さん、ご存じですよね。どういうつき合いなのか教えてください。あとはこれ」

和孝に渡したのと同じものだろう、手に持っていた写真をデスクに置く。

「ここに写っているのってあなたですよね。いえ、もちろん当時の三島さんはあなたの上役ですし、死屍《しし》に鞭打《むちう》つような真似《まね》をしてもしょうがないので、裏カジノ自体をどうこう言うつもりはありません。そもそもやくざってそういう存在ですし。ただ、ここにいる周囲のひとたちはどうでしょう。普段は堂々と公の場に立ち慈善事業をアピールしながら、裏では法を犯している。まず正したいのは、彼らです。動画に映っている連中はモザイクを消して公表すればいい話ですが、映ってない奴《やつ》らも大勢いましたよね。逃げ得になるような真似は不公平でしょう。自分は——」

「おい」

我慢できなかったのか、夏目の口上を背後に立っていた沢木がさえぎる。本来であれば胸倉を摑《つか》んだとしてもおかしくないが、先刻止められたのを守って、激情を懸命に抑えているのだ。

「手短にって親父が言ったの、聞こえなかったのか？」

今度は沢木の好きにさせつつ、久遠は夏目を観察した。

「いえ、わかってます。でも、こっちの意図を正しく伝えておくべきだと思ったので。いま言ったとおりです。そちらも、いつも自分たちばかりが悪者にされたんじゃ、腹立たしいでしょう。この件に関しては同罪ですもんね」

正したい、か。

和孝が苛つくはずだ。

物事を正しいかそうでないかで判断する単純さもさることながら、迷いがないと言えば聞こえはいいが、ようは他者を軽んじているにすぎない。自身の考えを最優先するあまり、周囲に目がいかずに突っ走るタイプだ。

組に乗り込んできて、やくざに向かって平然と「そういう存在」と口走るのも夏目の鈍感さゆえだといえる。

仮に夏目が、南川の結末を知りながら、どうせやくざは指一本触れることはできないと高をくっているのだとすれば、その鈍感さは致命傷にもなり得るが。

久遠は無言で席を立った。

「え、まだなにも答えてもらってません」

食い下がってきた夏目に、嗤笑《ししょう》で応じる。

「今日日《きょうび》こんなものがなにかの役に立つとでも思っているのなら、モザイクなしの写真でも動画でも公開すればいい。名誉毀損《きそん》で訴えられるのがオチだ。名を売りたいなら、他の方法を考えることだ」

相手にできないという意味の言葉に、夏目は食い下がってくる。

「俺は、名を売ることに興味はないので」

心外とばかりに言い放つと、息を継ぐ間もなく口早に語りだす。

「南川さんとはちがって裏で糸を引いている奴なんかいないし、世間に対して後ろ暗いところはありません。たまたま南川さんの遺《のこ》したＵＳＢメモリを手に入れて、調べてみたってだけです。やくざとはいえ死人が出てるっていうのに、あの場にいた大勢の奴らがいまも何事もなく暮らしてるのっておかしいでしょう。それなりの報いを受けるべきじゃないですか」

ドアへ向かおうとしていた久遠は、振り返り、いま一度夏目を見る。ちぐはぐな印象を受けるのは、発する言葉の強さに反して、夏目自身にそこまでの覇気が感じられないからだ。

そういう面でいえば、確かに南川とはちがう。

「やくざどもども報いを受けろ、そう聞こえるぞ」

自分にそれだけの力があると思い込んでいるのなら、笑止千万だと言うしかない。長生きできないという助言の意味合いもあったが、夏目には通じなかったらしい。

「じつは、ここに来る前に柚木さんのところにも行きました」

どういう意図でこのタイミングで和孝の名前を出したのだとしても、悪手であるのは間違いなかった。現に、沢木の額に青筋が浮かんだのがわかった。

「引き取ってもらえ」

つまみ出せと暗に命じ、久遠自身は会議室を出る。

「待ってください。彼とは、どういうつき合いですか？　ＢＭの関係で？　それとも個人的に？　いろいろ噂《うわさ》もありますが、本当のところはどうなんですか。俺は誇張も捏造《ねつぞう》もしませんん。事実を知りたいんです。現実問題、柚木さんも同罪じゃないですか？　ちがうなら、それを証明してみせてください」

最後まで一方的な夏目を無視して、エレベーターで上階へ戻る。とはいえ、先方から訪ねてくれたメリットはあった。

しばらくして出先から帰ってきた上総が顔を出す。

「夏目が来たようですね」

眼鏡の奥の目を眇《すが》めた上総に、ああと久遠は返した。

「おかげで手間が省けた。夏目の顔写真を渡してくれ」

長年つき合いのある興信所から、夏目湊の前歴が見つからないとの報告があった旨を上総から聞いたばかりだ。Wednesday を発行している編集部にも探りを入れたというが、毎日のように売り込みが来るため、いちいち調べないとの返事だったと聞く。

今回本人が訪ねてきたおかげで外見が判明した一方、ひとつ疑問が生じた。鮮度の落ちたネタをいまさら編集部が採用したのはどうしてなのか。

興信所からの報告を受けた時点で上総もそれが引っかかっていたのか、追加の調査を依頼していたらしい。

「ちょうど連絡が来ました」

自身の携帯をデスクの上に置き、こちらに滑らせた。

興信所から送られてきたメールに目を通す。普段から忖度《そんたく》しないと息巻いている編集長が、ある筋から袖《そで》の下をもらっているのではないかという噂に関してのメールだった。

『まだ真偽のほどは不明ですが、夏目湊がその噂を盾に掲載を要求したんじゃないかと』

夏目であれば十分あり得る。正しさにこだわりながら、脅迫行為に出る矛盾などまったく頭にないのだろう。

「二度と顔を出すなと沢木が釘《くぎ》を刺したようです。果たして聞く耳を持ってくれるかどうか」

無理だろうな、と心中で呟《つぶや》く。あの手合いは、あきらめないことがひとつのアイデンティティだ。

「誤りを正したい、正しいことをしたいと、長い講釈を聞かされた」

本気の発言だとすれば、あそこまで正しさにこだわる理由はなんなのか。正義感の一言では片づけられない。他に目的があって、それを隠すためにわざとそうしていると言われたほうがまだしっくりくる。

「そのあたりも身元を調べる役に立つかもしれませんね」

頷《うなず》いた久遠に、上総が再度、沢木の名前を口にのぼらせる。

「夏目と揉《も》めましたか？　やけに難しい顔をしていましたが」

普段から口数が少なく、言葉より行動で示す男だ。唇を一文字に引き結んでいる様が容易に想像できる。実際のところ沢木は初めから夏目に怒っていたし、和孝の名前が出たこ

とで決定的になった。

「うちに来る前に和孝の店に寄ったらしい」

「なるほど、それで」

上総が小さくかぶりを振る。

上総自身、Paper Moon になんらかの悪影響が及ぶことを案じているため、微《かす》かな憂慮が双眸《そうぼう》に滲んだ。

記憶障害と診断された際、上総は和孝を遠ざけようとした。組というより、和孝のためにそうしたほうがいいと考えたようだ。

それが無理だと知り、あきらめたのだろう。本人に自覚があるのかどうか、いまの上総は元来の面倒見のよさを和孝に対しても発揮している。

もともと弁護士を目指していたくらいなので、他者を放っておけない性分だ。

「さっそく夏目の風貌を送っておきます」

そう言って一礼すると、部屋を出ていく。ひとりになった久遠は、リハビリの一貫として、失った二十五歳以降の出来事をつかの間辿《たど》った。

BM。組事務所。亡くなった木島。両親を死に至らしめた植草《うえくさ》の顚末《てんまつ》。三島との一件。部分的に記憶が戻っている一方、和孝に関する記憶はまださほど多くはなかった。それでも、事故直後の自身の直感が正しかったと知るには十分だ。

その証拠に、和孝の存在を疑ったことはない。周囲の人間に恵まれている、と以前和孝は言ったが、そうだった。そういう人間が集まってくるのは本人の資質だ。なにしろ久遠自身がそうだった。

外見の魅力を差し引いても、どこか危うい部分が他者を惹《ひ》きつける。根っこが素直なだけに、懸命な姿がなおさら目を惹くのだ。

「…………」

よけいな輩《やから》まで寄ってくるのには困ったものだが――眉間《みけん》を指で揉んだ久遠は、書類を抽斗《ひきだし》にしまったあと、内線で沢木を呼ぶ。

これから、三代目宅を訪ねる予定になっていた。記憶を失った自分にとって三代目は、過去不動清和会《ふどうせいわかい》のトップだったというだけの相手にすぎなかったものの、何度か会ううちに多少認識が変わってきた。

三代目は情に厚く、引退した現在、かつての栄光を笠《かさ》に着るでもなくひとりの人間として甥《おい》の鈴屋《すずや》のみならず不動清和会の行く末を案じている。甥への不満が出るのも、情の深さゆえだ。

自分が定期的に三代目宅に顔を出すのはご機嫌とりが目的ではない、と知るのに時間はかからなかった。

「親父が三代目と会っている間、有坂さんのところに顔を出してきてもいいですか」

運転席からの問いに、ああ、と返す。

沢木は、組員を代表して有坂の様子を見に病院へ足を運んでいる。現在まで有坂の容態に変化はないが、沢木にとってはそれでも顔を見て、話すことが大事なのだろう。

言葉をかけることが刺激になるという医師の助言を信じて、組の状況はもとより世間話などもしているようだ。口下手な男だけに、沢木の有坂への想いの深さがわかる。

「耳は聞こえている可能性があるらしいので、親父が五代目になったこと、有坂さんは、誰よりも喜んでいると思います」

沢木がめずらしく声を弾ませる。

「そうだな」

できれば、本人の喜ぶ姿を見たいと願っているのは、久遠にしても同じだった。自分の知る有坂は昔気質《むかしかたぎ》のやくざであり、喧嘩《けんか》っ早《ぱや》く、義理堅い。組の大事となれば若い奴らを差し置いて真っ先に突っ込んでいくのも、誰より組を愛しているがゆえだ。

「迎えは一時間後でいい」

ゆっくりしてくるよう伝え、三代目宅の前で車を降りる。出迎えてくれた組員は、現稲《いな》田《だ》組組長である鈴屋が姿を見せると、黙礼して去っていった。

「忙しいなか、毎回ありがとうございます。叔父さん、久遠さんの訪問を愉《たの》しみにしてますよ」

いつもの前口上のあと、それにしても、と鈴屋は切り出した。

「人気者はつらいですね。週刊誌、見ましたよ」

相変わらずの軽さだ。身内である三代目が案じるのも無理はないが、あえてそうしているのは明白で、不動清和会の役員としての鈴屋に特に不満はなかった。

「暇だな」

「いや～、他でもない久遠さん絡みですからね。チェックしておかないと」

ともすれば面白がっているようにも思える態度に、久遠は肩をすくめてみせた。

「で？　今度のM・Nでしたっけ。フリーランスの記者ですか？」

どうやら熟読したらしいと苦笑しつつ、顎を引く。

「そういう触れ込みだ。夏目湊と名乗っている」

「夏目湊？」

その名を鸚鵡《おうむ》返《がえ》しした鈴屋が、首を傾げた。

「知り合いか？」

「あ……いや、知らないですが、どこかで聞いた名前のような気がして」

結局、思い出せなかったようだ。

「勘違いかも」

かぶりを振る。

「そうか。もしなにか思い出したら知らせてくれ」

一言残し、いつも三代目と会う部屋へと足を踏み出した。

記憶が戻って以降、すでに数回目の対面になる。その間にも、三代目の表情は目に見えて穏やかになっていて、いまやまさに隠居老人のそれだ。

やくざの行く末として、三代目に憧《あこが》れている同業者が多いのも頷ける。不動会、清和会を含めた不動清和会の歴史において、三代目ほど勇退という言葉がふさわしい会長はいなかった。

自身に関していえば、どちらともいえない。まだゴールを決めるには時期尚早だというのもそうだが、もうひとつ。

——自分たちのことを誰も知らず、誰にも邪魔されない場所。

可能かどうかはさておき、理想であるのは間違いない。やくざに限らず、一度は想像した者も多いだろう。

結局のところ、それが難しいと承知しているからこその理想であり、楽園なのだ。

和室で端座した久遠は、襖《ふすま》が開くまでのほんのわずかな間、つらつらとそんなことを考えていた。

断ったからといって夏目が退くはずもなく、再三店に電話がかかってきた。

折れたら調子にのらせるだけだからと何度突っぱねても、夏目には通用しない。このままでは業務に支障が出ると判断し、三人で話し合った結果、一度だけ応じると決めたのは苦肉の策だった。

それだけ夏目のしつこさにはうんざりしていた。

南川や佐々木となにがちがうのかと考えても、なにもかもと言わざるを得ない。ふたりはいいネタを入手しようとぎらぎらしていたし、そのためには煽《おだ》てたりすかしたり、ときには脅迫めいた言葉を口にしたりと手段を選ばなかった。

最初こそ夏目も同じタイプかと思ったものの、そうではなかった。自身の言葉をこちらにどう受け止めさせるか、納得させられるか、もっと言えばねじ伏せることが夏目にとってはなにより重要らしい。

電話口で捲し立てたあとの様子からもそれが伝わってきた。こちらの抗議など夏目にとっては、取るに足らない雑音同然なのだ。

不快さでは南川以上で、腹の底が見えないぶん夏目にはもやもやとした気持ちの悪さを感じる。

本来であれば警察に被害届を出したいところだが、脛《すね》に傷を持つ身では難しい。不本意であっても、選択肢は限られるのだ。

一度きり、二度と顔を出さないという条件を呑ませ——果たして夏目が守るかどうか案ずるのは後回しにして、定休日の午後、Paper Moon の店内で津守とともに取材を受ける約束をした。

久遠にも事前に伝えて承諾を得た。そのため今日は警備員以外に近くで橋口が待機し、二重の策をとっている。

久遠もそれだけ夏目に対して違和感を抱いているのだろう。なにしろいまだ素性を調査中だというくらいだ。

時間ぴったりに店にやってきた夏目は、場の空気などまるで察することなく、親しげな笑みを浮かべた。

「時間を作っていただいて、ありがとうございます」

細い身体にサイズの合っていないシャツを羽織っているせいか、今日はいっそう痩せて見える。

「手短にお願いします」

だらだらと質問されるのは困ると最初に釘を刺し、奥のテーブルで向かい合う形で応じた。

津守は隣のテーブルに凭《もた》れる格好で夏目を注視している。あからさまな威圧を受ければ本来気まずいはずだが、夏目は変わらず平然としている。津守などそこにいないかのように、一瞥《いちべつ》もしない。

「さっそくですが、これは柚木さんですよね」

テーブルにレコーダーを置いたあと、先日と同じ写真を見せてくる。

「どうでしょう。わかりません」

実際顔が写っているわけではないので、そ知らぬ顔で答えた。当然、夏目は食い下がる。

「いまの返答は、あの場にいたと受け取ってもいいですか？」

「お好きにどうぞ。否定しても、どうせ信じないでしょう」

「べつに柚木さんを糾弾したいわけじゃないんです。あなたの名前は出さないので、裏カジノがどうだったか、著名人はどれくらい来ていたのか、それは誰なのか、教えてもらえませんか」

やはりターゲットはそっちか。

だとすれば、写真に顔がはっきり写っている者たちのところへ取材に行けばいいのに、と思ったままを口にする。

夏目は目を瞬《しばた》かせてから、そんなこともわからないのかとでも言いたげに皮肉じみた笑みを浮かべた。

「金持ちは金持ち同士、庇《かば》い合いかねないでしょ。いつ自分に火の粉が飛んでくるかもしれないし。でも柚木さんは——」

「庶民だから平気で他人を売れるって言いたいんですか？」

ずいぶんばかにされたものだ、と嗤《わら》いたくなったが、それ以上だった。

「庶民？　それは謙遜《けんそん》じゃないですか？　柚木さんは立派にあちら側でしょ」

あえて「あちら」を強調したのは間違いない。ようは、反社とつき合いがあるのだから一般人面するのは図々《ずうずう》しいと言いたいのだ。もしくは著名人を売れば他には目を瞑る、という意味にも受け取れる。

否定する気はない。

和孝自身にそのつもりはなくても、周囲の人間が色眼鏡で見てくるのは、父親の一件だけでも明らかだ。

「あちらというのがどちらを指しているのか知りませんが、つまり取り引きしたいって意味ですか？　申し訳ないですが、そういうことでしたらお引き取りください。あなたがどう思おうと俺はあのカジノに関与していないですし、もし納得できないならその証拠を持ってきてください」

話は終わりだ、と椅子から腰を浮かせる。

「お気を悪くしたならすみません。じつは、裏カジノが継続して行われているという情報を得たので、なにか知っているならと思ったんです」

「……継続？」

夏目の言葉が事実だとすれば、誰かが三島のあとを引き継いだことになる。

久遠だとは考えにくい。

なぜなら、リスクを負ってまでそうする価値がないからだ。わずかな間とはいえ、三島の裏カジノの件は動画サイトにアップされ、公の目に触れた。ＳＮＳのバズりを狙《ねら》って、その後現地に足を運んだ若者たちもいると聞く。

たとえ場所を変えたとしてもリスクがある状況で――と素人の自分でも危うさはわかる。

もし他の誰かが引き継いだとするなら、考えられるのは結城《ゆうき》組だ。三島という絶対的ボスを失って以降、結城組はすっかり鳴りをひそめている。というよりそうせざるを得なくなったのだ。

不動清和会の幹部執行部から外され、いまや結城組の勢いは失われていく一方だ。以前の栄光を取り戻そうと、組員たちが躍起になっているとしても不思議ではない。

久遠は当然この事実を把握しているだろう。

「俺は、なにも知りません。普段からギャンブル自体に興味ないので」

自分としては本当のことを言ったにすぎないが、夏目は面白そうに目を細めた。

「人生を賭《か》けたギャンブルをしているように見えますけどね」

どういう意味だと言い返しそうになり、ぐっと堪《こら》える。少しでも感情的になれば、夏目の思うつぼだ。

唇を引き結ぶと、それまでこちらをまっすぐ見据えていた夏目が、ふと視線を外す。

「昔——高校生の頃、自分が正しいと思うことをすればいいって言ってくれたクラスメートがいました」

どういうつもりか、いきなり自身の思い出話をし始める。

終始黙ったままの津守は、真顔で、ほんの一瞬も見逃すまいとするかのように夏目を凝視していた。

「高校一年のときに、親の離婚で妹と離れたんですよ。俺は残って、妹は母親と出ていきました。妹は当時つき合っていたそのクラスメート——綾瀬《あやせ》と別れることになって、可哀《かわい》想《そう》でしたけど」

綾瀬？

どこかで聞いた名前だ。どこでだろうと考え込んだ和孝だが、夏目があっさり教えてくれる。

「ああ、苗字《みょうじ》が変わったんだったか。彼は俺とは逆で、ちょうどその頃母親が再婚したから、綾瀬じゃなくて鈴屋になったんですよね」

そうだ。鈴屋だ。出会った当初、彼は母親の旧姓だという綾瀬を名乗っていた。

まさか鈴屋が夏目と高校時代の知り合い——しかも妹と交際していたとは予想だにしていなかった。

少なからず驚き、言葉に詰まる。

夏目は構わず話を続けた。

「俺が両親に対しての憤りを漏らしたら、自分が正しいと思うことをするって大変だけど、貫けば格好いいよなって。たぶん、自分自身への言葉でもあったんじゃないかな。母親の再婚に関しては喜んでいたみたいだけど、義理の父親になるひとにはいろいろ考えるところがあったみたいだし」

なぜこんな話を聞かせるのか、夏目の真意が読めない。鈴屋と知り合いだとアピールしてこちらの気を緩ませようとしているのか、それとも他に意図があるのか。

一方で、正しいことをしたいという言い方を夏目がよくするのは、もしかしたら鈴屋との過去が関係しているのかもしれないと、そんな疑念も浮かぶ。

果たして夏目は、現在の鈴屋を知っているのだろうか。

「綾瀬も、妹のことを気にかけてくれていたはずだし」

「妹さんは——」

特に気になったわけではないが、一瞬苦い顔をした夏目に問う。躊躇うことなく夏目は、

「死にました」

あっさりそう返した。

これについて、どう考えるべきなのかすぐには判断できない。鈴屋と妹の件がなんらかの影響を及ぼしているのか、まったくの無関係なのか。

鈴屋とは現在もなんらかのつき合いがあるのかどうかも気になる。が、不本意な取材を受けている側の自分が質問するとよけいな誤解を与えそうで、喉まで出かかった言葉を呑み込んだ。

「そういうことなんで、俺は、べつに偏見はないし、ひとの感情っていうのは制御できないですからね。つき合う相手が悪かったと、柚木さんにはむしろ同情しているくらいです。いろいろ書かれて、休業にまで追い込まれたでしょう」

「…………」

わかったふうな口を利く夏目に苛々し、黙れ、と心中で吐き捨てる。「同情」なんて言葉で近づいてくる人間ほど計算高く腹に一物あるのは、これまでの経験で厭《いや》というほど学んできた。

津守が壁の時計を指差す。頷いた和孝は、椅子から腰を上げて夏目をドアへと促した。

「すみませんが、もうお話しできることはないのでここまでにしてください」

夏目は座った状態で、じっと見つめてきた。

「こっちはまだなにも聞けてないんですが。裏カジノにいた著名人も知らないし、現状も知らないって、じゃあ、なんだったら話してもらえます？」

「知らないものは話しようがありません。最初から言ってるでしょう」

さっさと出ていってほしいと態度で示しても、根っから厚顔な夏目はなおも居座り、滑らかな口を閉じようとしない。

「普通に考えて、裏カジノに関しては木島組が掠《かす》め取《と》ったんじゃないですかね。まあ、これについて聞いても、柚木さんは知らないふりするんだと思いますけど。あ、だったら、せめて今後どうするつもりなのか、答えてもらえませんか？　このままやくざの情夫を続けて、店や家族、友人たちに迷惑をかけていくのか。それとも、別れることも考えているのか」

嚙《か》み締《し》めた唇が痙攣《けいれん》した。

記者に刑事。他にも三島や田丸《たまる》。幾度となく癇に障る言葉をぶつけられてきたが、夏目に比べればずっとマシだった。

不快な言い方をするのは挑発するためだと承知している。のせられたら駄目だと自身に言い聞かせても、身体が震えるほどの怒りがこみ上げてきた。

ぐっとこぶしを握りしめた和孝の前に、津守が割って入った。

「聞こえませんか？　いますぐお引き取りください」

そして、その手をテーブルの上のレコーダーにやり、スイッチをオフにしてから低い声で夏目に言い放つ。

「心配無用です。あなたの家族や周りのひとたちはどうだったか知りませんが、柚木さんはあなたとはちがうので」

津守の一言は効いたらしく、薄笑いを浮かべていた夏目の頬が強張《こわば》る。が、それも一瞬で、すぐにまた余裕の態《てい》で肩をすくめた。

「気に障ったんなら申し訳ない」

口先だけで謝ったあと、のそりと立ち上がる。緩慢な動きでレコーダーを鞄《かばん》に突っ込むと、ようやくドアへ足を向けた。

「そういえば、次号の Wednesday にも記事が掲載されるので、買って読んでくださいね」

出ていく前、そのときまで不快になる台詞を残し、夏目は帰っていった。

念のため施錠してから、コーヒーを淹《い》れようと厨房《ちゅうぼう》に立つ。

「津守くんと一緒で正解だった。俺、あのひと本当に駄目だ」

不快な者、怒りを覚える者はこれまでにも何人かいた。三島に至っては完全に敵だったため、亡くなったと聞いたときも特に憐れみの気持ちはなかった。

が、彼らには彼らの大義があったと、共感はできなくとも理解はしていた。

翻って、夏目はいままで会った誰ともちがう。

かぶりを振った和孝に、カップを用意する傍ら津守が同意する。

「俺もです。というか、自分の思い出話まで聞かせる取材って、なんなんですかね」

やはり津守も同じ印象を抱いたらしい。肩書はフリーランスのジャーナリストらしいが、経歴自体不明瞭《ふめいりょう》だし、「自称」の可能性も大いにある。

一点、気になったのは鈴屋のことだ。

鈴屋が高校のときのクラスメートというだけならまだしも、亡くなった妹の元彼氏となると聞き流せない。しかも夏目は「自分が正しいと思うことをすればいい」と言った鈴屋の言葉をはっきりと憶《おぼ》えているのだ。

仮に、それが現在の夏目に影響を与えているのだとすれば――。

「やっぱり理解できそうにない」

ぼそりと呟いた和孝は、コーヒーを手にカウンター席に移動し、津守と並んでチーズタルトで一息入れる。夏目の取材を受けていたのは三、四十分だったにもかかわらず、徹夜でもしたときのように疲れていた。

「理解する必要ないでしょ。とりあえず一回受けたんだから、この先は断る方向で」

「だな」

そこに関してのスタンスは変わらない。週刊誌の取材は、夏目に限らず今回で終わりだ。

――くだらないわけあるか。相手はやくざだ。あの手の連中はこっちの弱いところをついてくる。すべてを失ってからじゃ遅いんだぞ。

一瞬父親の顔がよぎったものの、すぐに脇《わき》に追いやった。

夏目の件と父親の話はまったく別ものだ。

その後三十分ほど過ごし、津守の警護で帰路につく。めずらしいことに、十六時を過ぎたばかりだというのに久遠はすでに帰っていた。

「あれ？　早かったんだね」

どうやら帰宅して間もないようで、

「たまにはな」

ワイシャツの袖口《そでぐち》の釦《ボタン》を外しつつそう答えてすぐ、夏目の取材について聞いてくる。帰宅が早かったのはこの件も関係しているのかと思うと、話の中身はさておき、頬が緩みそうになった。

「まあ、最初の印象以上に一方的で、感じが悪かったんだけど、それよりびっくりしたことがあって」

緩めたネクタイを外した久遠が、こちらへ視線を投げかけてくる。和孝は、夏目から聞いた話を口にのぼらせた。

「夏目さんがよく『正しい』って言葉使ってただろ？　あれ、もしかしたら鈴屋さんの影響かもしれない。鈴屋さんって、夏目さんと高校時代のクラスメートで、亡くなった妹さんと鈴屋さんは当時つき合ってたらしいんだ」

どうやら久遠の興味を惹いたらしい。

「鈴屋が？」

ほんの一瞬の間のあと、カウンターで充電中だった携帯を手にする。電話の相手は、その鈴屋だった。

「確認したいことがある。来栖《くるす》湊を知っているか？」

来栖湊——初めて聞く名前だ。二、三質問しただけで黙って耳を傾けていた久遠は、

「わかった。ああ、助かる」

それを最後に短い電話を終え、ふたたび「来栖湊」の名前を口にした。

「本名は来栖湊で、鈴屋と高校のクラスメートだったというのは事実らしい。ただ妹に関しては、何度か交流があっただけで、離れて寂しがるような仲じゃなかったと鈴屋は言っていた。顔も憶えていないくらいだと」

となると、夏目——来栖の勘違いか、故意に大げさに言ったかだ。

「こっちは興信所からの報告だが、来栖は教師で、勤めていた高校を三年前に辞めている。その頃から夏目湊を名乗り始めたようだ」

夏目湊では経歴が不明だったはずだ。本人がなぜ本名だと言っていたかは知らないが、案の定筆名で、本当の名前は来栖湊だったらしい。

「よく短期間で夏目さんの本名がわかったね。ついこの前まで素性不明だって言ってたのに」

「顔だ。痩せて風貌が変わっていたから、苦労したらしいが」

「そうなんだ」

久遠は長年にわたって同じ外部の興信所を使っている。優秀なのはもちろん、なにより重要なのは口の堅さだという。

「で、今回の記事がその来栖さんの初仕事だったってこと？ Wednesday の編集長、弱みでも握られてるんじゃないの？」

突然現れた人間の書いた記事が、それも二番煎《にばんせん》じ感の強いネタが取り上げられたのは、なんらかのコネ以外だと、脅しとしか考えられない。

「その線だろうな」

だとすれば、ますます来栖の目的がわからなくなる。安定した職を辞め、なんのきっかけでジャーナリストを名乗り始めたのか。南川と知り合いであれば、けっして割のいい仕事ではないと知っていただろうに。

「あ、そういえば、裏カジノが続いてるって言ってたな」

やはり久遠は認識しているようだ。

「規模としては、あれの十分の一にも満たない程度だ。小遣い稼ぎにしても、効率が悪すぎる」

小遣い稼ぎと言ったからには、引き継いだのは結城組で間違いない。煌《きら》びやかだった三島の裏カジノとはちがい、現在のそれは早急に対応する必要すらないほど縮小したというわけだ。

裏社会の勢力図は、些細《ささい》なことで逆転する。

あれほどの力を持っていた結城組が見る影もないほど衰退し、連動して二次、三次団体にも影響が出ていると聞く。

それが、一般人である和孝には少し怖かった。

あのときのわずかな状況の差で、もしかしたら弱体化したのは結城組ではなく、木島組だったかもしれないのだ。

被弾して血まみれになった有坂を抱きかかえた久遠の姿は瞼《まぶた》の裏にこびりついていて、思い出すたびにぞっとし、背筋が凍る。

「……夕飯作ろ」

あれこれ考えて、不安がったところでしようがない。来栖に関して言えばいずれ久遠がなんとかするはずで、もう自分には関係のない話だった。

「月の雫に顔を出すのか?」

「そのつもり。あ、警護は? もう平気?」

目的がなんだとしても素性ははっきりしたし、来栖になんらかの思惑があったとしてもおそらく相手は鈴屋であって、和孝自身はあくまでおまけでしかない。となると、できるだけ早く外してもらったほうが、客商売としてはありがたい。

「そうだな。緩めても平気だろう」

「緩めるって——いつから?」

「とりあえず来栖が退いたら」

「え——……」

しつこい男だ。いつになるやら、とかぶりを振る。面倒くさい気持ちが顔に出たのか、久遠が苦笑した。

「これまでと同じだ」

「同じ?」

どういう意味だと首を傾げた和孝だったが、ひとつ思い当たることがあった。今度の件で真っ先に警護の話を持ち出したのは、沢木だ。

あのとき自分は切りがないからと辞退したし、受け入れられたと思っていたが、そうではなかったのか。

「けど」

「たまに沢木は店とマンション周辺の様子を見に行っていた」

「もしかして、それって沢木くんが自主的に？」

「そうだな」

沢木らしい。まだ二十五になったかならないかくらいの年齢にもかかわらず、沢木は慎重で、誰より用心深い。そして、心配性だ。

何度も助けられている身としては感謝こそしても文句を言うつもりはなかったが、損な性分だと沢木には同情を禁じ得ない。

「ありがとう、って伝えてもらえる？」

半面、自分が大事にされていると感じるのは、こういうときだ。

忙しいなか時間を作って様子を窺《うかが》いにきてくれる沢木。それを許している久遠。嬉しさと、妙な照れくささもあって、礼もそこそこにキッチンに足を向けた。

「夕飯、もう少しかかるから、お風呂入ってきたら？」

ソファの背凭《せもた》れに掛けた上着を手にして、久遠がリビングダイニングを出ていく。ドアの閉まる音を聞いてから、和孝は頰へ手をやった。

「いや、久遠さん、俺に甘すぎない？」

自分で口にして、よけいに恥ずかしくなる。他人が聞けば、自信過剰と呆れるにちがいない台詞だ。

いや、これは自信ではなく、実感と言ったほうが近い。事あるごとに、自分はここにいていいのだと実感するのだ。

「…………」

熱を持った頰から手を離し、首を横に振った和孝は、目の前の夕食作りに集中する。夏目の取材を受ける前に下ごしらえをすませていたので、久遠が出てくるまでには間に合うだろう。

今夜のメニューは、牛肉と夏野菜の中華風炒《いた》めと豆腐と水菜のサラダ。小鉢はゴーヤのお浸しとひじきの煮物の二種。

皿によそい、テーブルに並べているとちょうど久遠が姿を見せた。久遠にはビールを用意し、向かい合ってテーブルにつく。この後仕事があるためゆっくりできないのが残念だが、顔を合わせて一緒に食事をする時間をおろそかにするつもりはなかった。

以前にも増して久遠宅に足繁《あししげ》く通っているのはその思いがあるからだ。

「うちのレストラン、いまだにSNSでイケメンレストラン、目の保養ってハッシュタグつけてくれるお客さんがいるんだけどさ。この前、もしかしてって思って月の雫を見てみたんだよ。なんだったたと思う？　ハッシュタグ」

さあ、と久遠が答える。

「『グッドルッキングガイ』『ここは楽園か』」

むせそうになったのか、久遠の喉が鳴った。期待どおりの反応に気をよくして、すごいよな、と同調する。

「イケメンからグッドルッキングガイって、なんだか格が上がった感じがしない？　結局宮原さんなんだよなあ」

宮原の存在感は相変わらずだ。ＢＭの頃から、半隠居状態だったせいでたまにしか顔を出さなくても、十分みなが宮原に心を奪われた。常に月の雫にいるいまは、マスターとして遺憾なくその魅力と手腕を発揮している。

「追いつきたくても、ぜんぜん無理」

あえて夏目――来栖の話はしなかった。

食事中にわざわざ不快な話をしたくないし、実際のところ他愛のない会話が心地よかった。アルコールなんて一滴も飲まなくても、いい気分になれる。

「きっと追いつける日なんて来ないんだろうなあ」

ふ、と久遠が目を細めた。

「それにしては嬉しそうだ」

「え、やっぱりそう見える？」

「自覚があるのか」

「まあねえ。だって、一緒に働けていることが、なんだかすごいんだよな」

ＢＭの元スタッフも何度か月の雫に足を運んでくれた。その際、みな口々に羨《うらや》ましいと言い、なかにはいますぐ仕事を辞めるから雇ってください、と本気とも冗談ともつかない申し出をしてくる元スタッフもいて、宮原を笑わせているほどだ。

愉しい時間は、あっという間に過ぎる。来栖の取材を受けた三、四十分はうんざりするほど長かったのに、いまの一時間は十分ほどに感じられた。

「そろそろ支度しないと」

壁の時計を見た和孝は、ごちそうさまと手を合わせて食事の片づけにとりかかる。久遠宅のキッチンは広く、すでに自分仕様になっているので使い勝手がよく、手早くすませるとシャワーを浴び、身支度を整えた。

一度玄関に向けた足を止め、引き返して久遠の前に立つ。ぎゅっと抱きしめてから、

「充電」

一言で離れ、今度こそスニーカーを履いた。

「じゃあ、いってきます」

久遠の見送りで部屋をあとにした和孝は、エレベーターで地下駐車場へ向かい、車に乗り込むと、夕闇《ゆうやみ》に包まれた街を走る。クリスマスツリーさながらの煌びやかな灯《あか》りのなか、人々はまるで湖の上を滑っていくかのような軽やかさで行き交う。朝型の生活にすっ

かり馴染《なじ》んできたとはいえ、どこかほっとする景色だ。長く夜の世界で生きてきた自分には、これから始まる時間は肌に合い、居心地がよかった。

パーキングに車を駐める。月の雫まで徒歩で五分あまりだ。もしかしたらどこかに沢木がいるかもしれないと思うと、自然に頬が緩んだ。

「お疲れ様です」

店内に入ったとき、宮原はスタッフと打ち合わせ中で、津守はバーカウンターでグラスを磨いていた。

今夜は久しぶりに村方もいる。村方はPaper Moonに集中するため、休業中を除けば、月の雫に顔を出すことはめったになかった。

「来てたんだ」

テーブルを拭《ふ》いている村方に声をかける。

「あ、オーナー。そうなんです。うずうずして、我慢できなくて。だってみんな揃《そろ》ったんですよ。たまには僕も仲間に入りたいじゃないですか」

村方の言い分はよくわかる。もし自分でも、同じように思うだろう。

「今日のお客さんはラッキーだね。高嶺《たかね》の花のオーナーに、昼間のアイドルも一緒なんだから」

スタッフとの話が終わったのか、宮原が歩み寄ってきた。

「高嶺の花はそのとおりだとして、昼間のアイドルって、なんだか照れます」

言葉どおり村方は照れくさそうに頭を掻く。

「どっちもお客さんが言ってたことだよ。イメージぴったりだ」

「わ、宮原さんにぴったりって言われるなんて！」

村方にとっては客の評価もさることながら、宮原の賛同が重要なのだ。ますます照れ、頬を赤らめる。

「ありがたいことだよね。店に足を運んで、話題にしてくれる。こういう客商売は、口コミが命だから」

宮原の言うとおりだ。Paper Moon にしても月の雫にしても、友人同士の会話やＳＮＳで取り上げてもらえること以上に有効な宣伝はない。料理や店の雰囲気、たとえばハッシュタグを見定めるための興味本位であっても、理由はなんであろうと足を運んできてくれる客を愉しませたい、その思いに嘘《うそ》はなかった。

「本当ですね」

まもなく開店時刻になる。週の半ばにもかかわらず客足は途絶えず、すぐに満席になり、三人以上のグループ客を断らなければならないほどだった。

開店して二時間ほどたった頃、意外な客を迎える。

「――鈴屋さん」

ドアを開けて入ってきた鈴屋に驚き、慌てて歩み寄ると、彼は初めて会ったとき同様、人好きのする笑みを浮かべた。

「急にすみません。俺の昔の知り合いが、柚木さんに迷惑かけたみたいで」

知り合いというのは、来栖のことだ。高校時代のクラスメートというだけならまだしも、亡くなった妹のことは気になっているのかもしれない。

「っていうのは言い訳で、噂のバーに一度来てみたかったんですよ。ほら俺、あのひとほど顔が売れてるわけじゃないんで、結構好きにどこにでも行けますからね」

「あー……」

久遠の顔が売れているのはいまさらだ。二十代半ばの頃に三代目の盾になって命を救ったのを皮切りに、これまで幾度となくメディアに取り上げられてきた。風貌、異例な経歴と相まって、久遠ほど顔写真が使われたやくざもいないだろう。

「一杯だけ、大丈夫かな」

これには、もちろんですと答え、ちょうど空いたばかりのテーブル席に案内する。鈴屋は店内を見回して、ふっと眼鏡の奥の目を細めた。

「いい店ですね。常連になりたいくらいだ」

「ありがとうございます」

自分のみならず宮原や津守のこだわりの詰まった店なので、素直に嬉しい。ラグジュアリーで、かつ落ち着くバーを目指して日々邁進《まいしん》しているのだ。

「まあ、ここに来たのがバレたら叔父さんに叱《しか》られるんで、今夜だけになると思うんですけどね」

おどけた様子の一言に、くすりと笑う。

鈴屋は執行部に名を連ねる現在に至っても、引退した叔父に頭が上がらないと聞く。確かにごく普通の会社帰りのビジネスマンのように見えるし、ばつが悪そうに目をぐるりと回す表情など、学生と言っても通用しそうだ。

もっともオーダーメイドのスーツを身につけている学生などいないだろうが。

「なに飲まれます?」

「そうだな。じゃあ、ジンリッキーを」

「かしこまりました」

一度テーブルから離れてオーダーを入れ、鈴屋のもとへ戻る。鈴屋とは、レストランの開業を目指している綾瀬として会って以来だった。

「さっき電話で教えてもらったんだけど、来栖、柚木さんに高校時代の自分語りをかましたんだって?　まったくなにを考えているんだか」

「当時は親しかったんですか?」

「ぜんぜん」

この返答は意外だった。赤の他人に聞かせるくらいだから、現在はさておき当時は親しい間柄にあったのだと思っていた。

「ただ久遠さんに聞かれたとき、なにか引っかかっただけで」

「え。当時から夏目の名前を？」

鈴屋が頷く。

「気のせいかと思ったけど、そうじゃなかった。引っかかったのは、その名前を目にしたことがあったからなんですよ。夏目湊は、当時、新聞部だった来栖が好んで使っていたペンネーム。当時の友人に電話して確認とったから、間違いありません」

「――――」

高校生のときから使っていたペンネームなのか。

来栖に関して知れば知るほど、やけに高校時代にこだわっているような気がしてくる。とりもなおさずそれは、鈴屋へのなんらかの執着の強さに思えた。

「武将だったか、俳優だったか忘れましたが、とにかくそれにちなんだみたいで。でもまさか、いまだに使っているとは思わなかったですけどね」

呆れた口ぶりになるのも無理はない。鈴屋にしてみれば、いまさらなんの用がと寝耳に水だろう。

ジンリッキーが運ばれてくる。

炭酸とライムの酸味がさわやかな夏向きのドリンクだ。アルコール度数もそれほど高くないので、一杯目にオーダーする客も少なくない。

しゅわしゅわと炭酸の泡がグラスの中で弾《はじ》けるそれを一口飲んだあと、うまいという一言を聞いたときだけ頰のこわばりが解けた。ジンリッキーを作った津守は、酒を作る傍らカウンターの客と談笑している。

半分ほど飲んだグラスを鈴屋がテーブルに置くのを待って、話を再開する。

「どんな記事を書いていたのか、憶えてますか?」

「あー」

鈴屋が苦笑した。

「結構過激なこと書いて何度か問題になったんですよ。たとえば教師の体罰とか不倫とか、いままでいう毒親の話とか。実名じゃなくてイニシャルでも、誰のことなのか察しはついたんで」

問題になるのは当然だ。学校はさぞ来栖に手を焼いただろう。

出席日数がぎりぎりだった自分も担任に「ひやひやする」とため息をつかれたが、問題児という点では比較にならない。

「そういう奴だから、関《かか》わらないのが一番です。なにか言ってきても無視しちゃってください」

「——はい」

自衛策がそれくらいしかないのは心許《こころもと》ないが、無視が最善なのはそのとおりだ。一度きりの取材という約束を来栖が守ってくれることを、いまは願うしかなかった。

「柚木さん、なんだか少し印象がやわらかくなりましたよね」

唐突な言葉に戸惑い、視線で問う。

「前に会ったときは、やたら顔の綺麗《きれい》な兄ちゃんって感じでしたけど、なんだろう、余裕が出てきたのかな」

「綺麗な兄ちゃん」もさることながら、「余裕」という一言に羞恥心《しゅうちしん》がこみ上げる。いまも余裕のある大人とは言いがたいのに、過去となると——指摘されるまでもなく常にいっぱいいっぱいだった。

「その美貌《びぼう》で、数々の武勇伝。久遠さんが手放さないわけだ」

などと言われてしまうと、なおさら恥ずかしさが増す。

「…………」

いったいなにを聞いたのか。確かめたいような確かめたくないような、複雑な気持ちになり頰が引《ひ》き攣《つ》った。

「いろいろと耳に入ってくるんですよ。まあ、あえてひとつ言うなら、事務所に単身乗り込んで啖呵《たんか》を切ったとか、例のカジノに同行して遊びまくったとか？　ああ、そういえば、沢木くんを火災現場から引っ張って逃げたんだって？」

「………」

誰から、というのは無駄な質問だろう。

「あげくが銃で撃たれて怪我。俺らみたいな仕事をしていても、そこまでの経験ないですからね」

「……勘弁してください」

ひとつじゃないし、と内心で突っ込みながら、冷や汗を掻く。言い訳したい衝動に駆られるが、わざわざ自分から過去の話を掘り返すほど自虐的ではなかった。

「いや、不躾《ぶしつけ》だったな。失礼しました。でも、正直なところ久遠さんが羨ましいくらいですよ」

鈴屋は残りのジンリッキーを飲むと、最初の約束どおりチェックを申し出る。

「店を褒めてもらったお礼です」

うちからの奢《おご》りだと言った和孝に、

「悪いなあ。お言葉に甘えちゃおう」

軽いノリで喜ぶ様子は、やはりごく普通の一般人に見えた。

車を待たせていると言った鈴屋を見送ったあとは、通常の仕事に戻った。接客と、みなのフォローだ。

バーでの仕事は、昼にはない愉しさがある。Paper Moon の常連客にしても、月の雫ではちがう顔を見せるのだ。

そういうところが面白いし、醍醐味《だいごみ》といえるだろう。

この仕事が好きだ、と和孝はあらためてその思いを強くした。

3

「こういうことか」

木島《きじま》組のビル内にある自室で、久遠《くどう》は手にしていたWednesday の最新号をデスクの上に放った。前号に続いて今号にも来栖《くるす》の記事が掲載されているが、内容は予想していたものとは異なっていた。

裏カジノの実態。当時参加していた富裕層の動画を切り取った写真。それについては想定内でも、そこに都築《つづき》の名はなく、代わりに近年廃業した組の名称が羅列してあり、暴力団の衰退の著しさが明記してあった。

さらには資金源の減少、今後解散が予想される組の数。不動清和会《ふどうせいわかい》に限らず、全国にわたってのデータが掲載されている。

来栖が時間をかけて情報を集め、調べたのは間違いなかった。

今号を読んだ者は、ここまで縮小したのなら全滅させるのも可能、時間の問題だという印象を抱くだろう。

「侮っていたかもしれませんね」

週刊誌を届けにきた上総《かずさ》の言葉に、久遠は天井へ視線を流す。侮っていたかといわれれば、そのとおりだった。

編集長の弱みにつけ込んだにしても、載せるだけの価値があったということだ。

「このタイプに、金や脅しは利かないでしょう」

「ああ」

困難な状況になればなるほどやる気になるタイプはいる。鈴屋《すずや》から聞いた話によると、来栖の場合その片鱗《へんりん》は高校時代からあって、納得できないことがあれば教師にも食ってかかったという。

「さて、どうするか」

やる気を削《そ》ぐのがもっとも手っ取り早い。となると、その方法だ。

デスクの上の携帯が震えだす。電話をかけてきたのは、鈴屋だった。

『すみません。いま大丈夫ですか?』

鈴屋に返答する前に、上総へ視線を戻す。

「若い奴《やつ》らの様子を窺《うかが》ってくれ」

来栖に怒りを抱いている者は多い。組員の統率はとれているが、準構成員のなかには極端な行動に出る者が現れる可能性もゼロではない。

もっとも命じるまでもなく、上総は抜かりなく目を配っているだろうが。

「はい」

一礼して上総が部屋を出ていく。電話に戻った久遠に、鈴屋はまず和孝《かずたか》の名前を口にした。

『じつは昨日、月の雫《しずく》に行って、柚木《ゆぎ》さんと話しました』

「らしいな」

その話は今朝、当人から聞かされた。和孝を気にかけたのは事実でも、月の雫に行ってみたかったと言ったのも本心からにちがいない。

『柚木さん、久遠さんになんでも話すんですね。ますますいいなあ』

この一言は黙って聞き流す。なんでも話してくれるなら、こんな楽なことはないと思いながら。

『お願いがあるんですが、来栖の件、俺に任せてもらえませんか』

おそらく鈴屋も Wednesday の最新号に目を通したのだろう。めずらしく声が硬く、憤りが伝わってきた。

鈴屋の心情は理解できるものの、久遠にしてもそうはいかなくなった。

「来栖が和孝に接触してきている以上、それは難しい」

『ですが……』

その先は口にされなかった。

「そっちはそっちで動いてくれて構わない」

来栖にもっとも近しいのが鈴屋であるのは確かなのでそう続けると、わかりやすく声音に力がこもった。

『ありがとうございます』

鈴屋との電話を終えた久遠は、内線で上総を呼び、来栖の身辺を洗いざらい調べるように指示する。

現在のみならず過去に至るまで洗い出せば、あの男のやる気を削ぐ方法が見つかるかもしれない。

「いい機会だ。ついでに裏カジノも潰《つぶ》しておくか」

取るに足らない規模だとはいっても、今回の件で警察が動き、手入れを行った場合、結《ゆう》城《き》組の不始末が不動清和会に悪影響を及ぼすのは間違いない。そうなる前に、三島《みしま》の負の遺産を処分する必要がある。

『承知しました』

上総の返答を聞いて受話器を置くと、その手で灰皿を引き寄せ、煙草《たばこ》を咥《くわ》える。一服する傍ら、今回の件のどうにもちぐはぐな印象を整理するところから始めていった。

正しいことをしたいという信念は立派だが、来栖という男を見る限り、それだけとは考えにくい。どちらにしても、来栖を今回の行動に走らせた原因があるはずだ。

「――面倒だ」

とてもみなには聞かせられない本音が漏れた。

事故以降、たまに現状に違和感を抱く瞬間がある。記憶障害のせいなのか、組に入ったもともとの理由を失ったためなのか判然としないが、自身の肩書や状況がまるでかりそめのことのように思えるのだ。

目的を失ったからと言われれば、そのとおりだった。

和孝に甘くなるのも、無関係ではない。

自分に向けられる和孝のまなざし、声、笑顔が心地よく、傍《そば》にいる間は、自分が普通の感覚を持ったひとりの男だと実感できる。

おそらく上総は気づいていて、そ知らぬ顔をしているのだろう。

いや、記憶にないだけで、もしかしたら事故以前もそうだったのかもしれない。

煙を天井に向かって吐き出した久遠は、脳内のスイッチを入れ替え、散漫になった思考を元に戻す。

現状で優先すべき事柄を並べ、順にこなしていくことに集中した。


数日後。

仕事を終えた和孝が、村方《むらかた》とともに外へ出て施錠をしようとしたときだった。道路の向かい側から声をかけられ、歩み寄ってきた男の顔を見た瞬間、不快感を隠せなかった。

「一度きりという約束じゃなかったんですか」

隣で息を呑《の》んだ村方にしても、すぐさま警戒心をあらわにする。月の雫へ向かった津守《つもり》が不在のため、不安もあった。

かといって、それほど驚きはない。この手の人間が口約束を反故《ほご》にするのは、むしろ想定内だった。

「忘れたわけじゃないです。今日は取材じゃなくて、これをお渡ししようと思って」

来栖が差し出したのはＡ４サイズの封筒だ。中身を確認しなくても、なにが入っているかは察しがついた。

Wednesday の最新号だろう。

「結構です」

どうせ動画の切り抜き写真に、反社会的組織、そして利害関係の成り立っている一部の富裕層がいかに悪質であるかが書き連ねてあるのだ。そんな不愉快な記事を目にしたくないし、たとえ確認のためでも来栖から受け取るつもりはなかった。

「今回は柚木さんにぜひ見てもらいたいんですけどね。俺、この前柚木さんと話してあらためて自分は間違ってないって確信したんです」

偏った正義の話はもうお腹《なか》いっぱいだ。

相手にする気はないので、返答せずに鍵《かぎ》をかけてすぐ、村方と肩を並べて歩き始める。無遠慮な男だと承知していたが、来栖は平然と後ろからついてきた。

「そうなんです。裏カジノを叩《たた》いたところで、どうせイタチごっこなんです。だから回りくどい真似《まね》はせずに暴力団自体をなくせばいいって。幸い世間はそっちに傾いてるので、うまくいけば、実質国内の裏社会を仕切っている木島組の勢力を限界まで削ぐことができるかもしれません。いえ、もちろん現在ある裏カジノは潰すべきだと思います。ただ、それで満足しちゃ駄目なんですよ」

相手にしなくても、話は耳に入る。背後で得々と語る来栖に、苛立《いらだ》つなというのは無理だ。振り返って噛《か》みついてやりたい衝動を、懸命に耐える。関《かか》わらない、無視すると鈴屋にも約束したばかりだ。

「……オーナー」

隣で怒りに震えている村方に、大丈夫と声をかけ、まっすぐ前を向いたまま黙殺する。背後の存在などないかのように振る舞っているのに、構わずあとをついてくる来栖は口を閉じる気がないようだ。

「結果的に、それが柚木さんのためになるんじゃないかな。だって、考えてもみてください。暴力団が衰退し、消失すれば、あのひとも廃業せざるを得ないですよね。まっとうに働いて、普通に生きていくしかない。そうなったほうが、柚木さんも嬉《うれ》しいんじゃないですか」

短絡的な男だ。やくざを根絶やしにできると思い込んでいるところもそうだし、来栖は誰もが自分と同じ正義を持っていると信じて疑わない。第一、なにをもって「普通」「まっとう」と言っているのか。

少なくとも、他人につきまとって迷惑をかけるような人間に普通を説かれたくはない。

「親御さんも安心するんじゃないですか」

ただでさえ苛ついているなかで、火に油を注ぐ一言を来栖は発する。いまの自分には地雷と言ってもよかった。

「このままじゃ、親御さんは心配でたまらないでしょ。気の毒に」

「……っ」

どうしてここまで好き勝手言われなければならないのだ。なにも知らない奴が横からやってきて、正義を盾に自分の意見を押しつける。これより最悪なことがあるだろうか。

唇に歯を食い込ませた和孝に、

「オーナー！　そういえば明日の賄いのことなんですけど、僕が作ってもいいですか？　レモンを使った冷製パスタにしようと思ってます」

村方が声高にそう言った。

故意であるのは問うまでもなく、和孝はなんとか唇を解き、大きく深呼吸をする。

「じゃあ、お願いしようかな。愉《たの》しみ」

来栖の話にいちいち腹を立てるまでもない。どうでもいい人間がどうでもいい話をしている、それだけのことだと自身に言い聞かせた。

パーキングまで来ると、どこからともなく人影が現れた。

「すみません。このへんで財布を落としてしまって」

ちょうど陰になっていて顔ははっきり見えないものの、背格好、声から沢木《さわき》だとわかる。

「手伝います」

すぐに村方とともにそちらへ向かうと、第三者の登場にようやくあきらめたのか、来栖はパーキングには入ってこずにそのまま姿を消した。

「ありがとう」

機転を利かせてくれたおかげで、助かった。礼を言うと、沢木は無言で会釈と舌打ちをしてその場を去る。といっても、こうなったからにはマンションに入るまで見届けるにちがいなかった。

「村方くん、送るから乗って」

目に見える範囲にもう来栖はいないが、どこかにひそんでいる場合もあるので助手席のドアを開けて車内へ促す。

「僕は平気です」

辞退されても、退くわけにはいかなかった。

「俺のために送らせてくれないかな。村方くんが家に着くまで、気が気じゃないから」

来栖が村方に危害を加える可能性は低いといっても、これっぽっちも信用する気はなかった。万が一にも怪我《けが》を負うような事態になれば、悔やんでも悔やみ切れない。

「オーナー、心配性ですもんね」

眦《まなじり》を下げた村方が、助手席に身を入れた。運転席に回った和孝は、村方宅経由で帰路につく。

車中では会話が弾み、愉しい時間を過ごした。話題は主に村方の好きなB級ホラー映画、あとはもちろんPaper Moon《ペーパームーン》と月の雫のこと。

「呆《あき》れずにいてくれてありがとう」

家の前で車を降りる直前にそれだけ伝えたところ、一瞬目を瞬《しばた》かせた村方がにっと唇を左右に引いた。

「オーナーは俺にとって最高のボスで、仲間ですよ」

明るい村方には常日頃から助けられているが、いまもそうだ。来栖の件で胸に突き刺さっていた棘《とげ》が、村方の力強い言葉のおかげであっさり抜ける。

「うん。俺にとっても、村方くんは最高の仲間だ」

本心からそう返し、あたたかな心地で家に帰り着く。シャワーを浴びたあと夜食の準備にとりかかってまもなく、待ちかねた家主が戻ってきた。

「おかえり。お疲れ様」

ただいまと返る、この瞬間はいつもほっとして、身体《からだ》の隅々まで血が巡っていくような感覚になる。おそらく久遠が危険な世界に身を置いているせいではなく、別の仕事をしていたとしても同じだろう。

「もうすぐできるから、先にお風呂《ふろ》入ってくれば？」

キッチンへ戻ろうとした足をいったん止め、先刻の出来事を持ち出した。

「来栖さんが来た」

すでに沢木から報告を受けているようだ。久遠が顎《あご》を引く。

「なんだって？」

「最新号を持ってきて、見てほしいってさ。よっぽど記事に自信があるみたい」

暴力団の衰退とか普通の生活とか親御さん云々《うんぬん》の話はあえてしなかった。口にするのも腹立たしいし、それ以前に戯言《たわごと》だ。

「著名人の悪事を暴くのをやめて、暴力団の根絶のほうに舵《かじ》を切ったようだ。案外初めからそっちが目的だったかもな」

「……知ってたんだ？」

「記事を読んだ」

　眉根《まゆね》を寄せたそのとき、つけっぱなしになっていたテレビから、聞《き》き憶《おぼ》えのある声が耳に届く。

　反射的にテレビに目をやると、そこには都築が映っていた。

「…………」

　どうやら夕刻に会見を開いたようだ。キャスターが「一部週刊誌の記事を受けて、都築会長が釈明会見を開きました」と報じ、続けてダイジェストが流れる。

　過去の木島との友人関係を認めたうえで、現在は反社会的組織とのつき合いはない。五十周年記念パーティで使った会場は不適切だったかもしれないが、亡き友人への感謝の念からであって他意はなかった。といった内容を誠実な口調で語っていた。

『この件に関して、私自身にやましいところはありません。とはいえ、各方面に迷惑をかけたのは事実なので謹んでお詫《わ》びしたい』

　携帯を手にした和孝は、ネットの反応をチェックする。賛否両論あり、なかにはひどい中傷も見つけたが、元々の都築の好感度もあって好意的な意見のほうが目立っていた。

「久遠さん、知ってた？」

　夜食作りを再開しつつ問う。夕方のテレビを観《み》たかという意味だったけれど、

「事前に連絡があった」

予想外の答えが返った。

「都築さんと久遠さんって、連絡取り合ってるんだ」

「いや、今回が初めてだ。番号は、ツテを頼ったと言っていた」

そもそも木島の友人だ。ツテのひとつやふたつあっても不思議ではない。

「先代の名前を出すことになるから、承知していてほしいとわざわざ電話があった」

「そうなんだ」

それだけ覚悟を決めての会見だったのかもしれない。五十周年とはいえ、Au-delà《オドゥラ》の業績が上がり、誰もが知るまでになったのはここ二十年あまりのことだ。現に誹謗《ひぼう》中傷のなかには、不買運動などと穏やかではない文言もある。

「よろしくと言っていたぞ」

「え、俺？」

しめじをほぐしていた和孝は、久遠へ視線をやった。

「いまは遠慮するが、騒ぎがおさまったら店に行くとも言っていたな」

「へえ」

「なんだ、その返事は」

久遠は笑うが、他にどう返せばいいのかわからなかった。

「いや、ピンと来なくて。BM《ビーエム》の頃に何度か顔を合わせたし、パーティの手伝いをしたけど、わざわざよろしくされるほどじゃないし」

現にいままで都築は店に来なかった。

「BMの頃は隙《すき》がなかったのに、ずいぶん印象が変わったかららしい」

「それ、俺のこと？」

他に誰がいるとでも言いたげに、久遠が片方の眉《まゆ》を上げる。

確かに、鈴屋にも同じことを言われた。自覚はなくとも、続けざまとなると他者から見て印象が変わったのは事実なのだろう。もっとも自分の場合、過去が悪すぎたせいだと考えられる。

「そんなに俺、ひどかったのかな」

「BMのマネージャーとしては、正しかったんじゃないか？」

「けど、たぶんプライベートも同じだったし」

これに関しては一言の申し開きもできない。あの頃は何重もの鎧《よろい》を纏《まと》って、自分を守ることで精一杯だった。

「この前、鈴屋さんにも似たようなこと言われた」

「月の雫で話したときか」

「そう」

さすがに武勇伝の部分は話しづらい。なにより問題なのは、いま同じ状況になっても自分はまた同様の行動をとるだろうと想像できることだ。

もっとも。

「俺的には、半分は久遠さんのせいだと思うけどね」

ただでさえコミュ障ぎみだったあの頃の自分に、駄目押ししたのは間違いなく久遠だ。久遠と再会した当初はとにかく神経が尖《とが》り、気の休まるときがなかった。

当の久遠が大半を忘れている状況では、意味のない当てこすりとわかっているが。

「なにか言うことないんだ?」

久遠からすれば、憶えていないことで責められても返答のしようがないだろう。承知していながら問うたのは、ほんの少しでも思い出してほしいからかもしれない。

「強いて言えば、悪くない、だ」

「悪くない——ってどういうこと?」

手を止め、久遠へ視線をやる。久遠は肩をすくめるだけでなにも言わず、バスルームへ向かうためにリビングダイニングを出ていってしまった。

「……まあ、悪くないならいいけど」

妙にくすぐったい心地でぼそりと呟《つぶや》き、夜食の仕上げにとりかかる。

メニューは、ささみと夏野菜の生春巻き、生ハムといちじくの和《あ》え物、カンパチのカルパッチョ。残りもののかぼちゃのバター煮はキュウリと卵、マヨネーズを加えてサラダに。

テーブルに並べ、グラスを用意したタイミングで久遠が戻ってきた。

「ビールでいい？」

「ああ」

冷蔵庫からビールを取り出し、テーブルにつく。冷たいビールには、今日も他愛のない話が合う。些細《ささい》ではあるけれど、どうでもいいわけではない話が。

いつものごとくもっぱら話をするのは自分で、久遠は聞き役だ。どちらもお世辞にも会話が弾むタイプとはいえないが、それはたいして重要ではなかった。

大事なのは、互いにふたりの時間を愉しめること、それだけだ。

4

なんの変哲もない商業ビルに、今夜は立て続けにスーツ姿の男がやってきては階段を使って地下へ降りていく。彼らの目指す場所は、地下一階にあるメキシコ料理の店だった。

全部で六人。

六人は入り口の前に揃《そろ》うと、アイコンタクトを交わしたあと店のドアを開けて、中へと入っていく。

店内は三十平米ほどの広さで、壁にはメキシコのタペストリーや絵画、写真が飾られている。赤い絨毯《じゅうたん》はところどころ色褪《いろあ》せ、テーブルにしても長年使用しているのだろう、古さが目立った。

あまり繁盛していないのか、テーブル席は二割方しか埋まっていない。その客にしても長居をする気はないようで、突然やってきた男たちへちらりと視線をやっただけであとは無言で料理を掻《か》き込《こ》んでいた。

「いらっしゃいませ」

カウンター席に凭《もた》れ、ネイルのチェックに余念のなかった女性店員は緩慢な動きでメニューを手にして中央のテーブルを示す。

「いま水を持ってきますので」

テーブルにメニューを置いてすぐに回れ右をした女性店員に、男たちのなかのひとり、ホスト風の男が笑顔で辞退した。

「水はいらないから、そのままじっとしてて」

その後、客にも愛想よく振る舞う。

「すみませんね。自分らちょーっと騒がしくすると思うんで、いまから貸し切りにさせてもらいますね。もちろんここの代金は持ちます」

数人の客はみな不満を持つどころか、ラッキーとばかりにすぐに席を立ち、礼を言って帰っていく。店内には、怪訝《けげん》な顔で男たちを窺《うかが》う女性店員と、異変に気づいて奥から姿を見せた小太りのオーナーシェフらしき男が残った。

「なんだぁ？　酔っ払いなら帰ってくれ。騒ぎはごめんだ」

コックコートを身につけた五十がらみのシェフは、面倒くさそうに犬でも追い払うかのように右手を振る。客商売としてはあり得ない態度だが、当人に悪びれる様子は微塵《みじん》もない。

反してあくまで愛想よく笑顔を見せるホスト風の男は、不遜《ふそん》な態度のオーナーに向かってかぶりを振ると、正面に立った。

「きみはそのまま動くなよ」

女性店員に釘《くぎ》を刺したあと、本題を切り出す。この店に来たのは、裏カジノの現場を押さえて潰《つぶ》すのが目的だ、と。

現在結城《ゆうき》組が仕切っている裏カジノは都内に二ヵ所あって、どちらも空き店舗を使った小規模のカジノでしかない。

平常時であれば目こぼしの対象だったはずで、同じ不動清和会《ふどうせいわかい》とはいえ裏カジノ程度でいきなり木島《きじま》組が乗り込むような事態にはならないが、ふたたび過去の動画が取り上げられたとあってはそうもいかなくなった。

それだけ結城組が力を失っているともいえる。

なにかあってからでは遅い。天敵の警察は、わずかな隙《すき》を突こうと手ぐすねを引いているのだ。

裏カジノに使われているメキシコ料理店は、ごく普通の商業ビル内にある。

実際、普通のレストランやバーも入っていて、出入りしている者たちはまさか同じビルで犯罪が行われているとは予想だにしていないだろう。

「さて、あんたには秘密の場所に案内してもらうとしようか」

途端にシェフの頬《ほお》が引《ひ》き攣《つ》る。それでもすぐにへらへらとにやけ顔を作り、頭を掻いた。

「ひ……みつ？　いや～、なんのことだか、さっぱり」

しらを切れると思ったのだとすれば、浅慮だと言うほかない。明らかに一般客とは異なる男が集団で足を運んできた時点で、逃れる術《すべ》はないのだ。

ガツ、という音とともに椅子《いす》が倒れ、同時に空気が張りつめた。がっしりした体軀《たいく》の男が椅子を蹴《け》ったのだ。

「無駄なことはすんなよ」

低く凄《すご》んだ男に、やっと自分の置かれた状況を悟ったのか、シェフが見る間に青ざめる。それもそのはず、他の者たちも同じように鋭い眼光で無言の圧力をかけていた。

唯一、ホスト風の男は最初から態度が変わらないが、だからといって彼に救いを求めても無駄だろう。

「よせ。こいつには、教えてもらいたいことがあるんだ」

口先では窘《たしな》める言葉を発しつつも、用件を片づけたいという明確な意志がある。

「俺、真柴《ましば》っていうんだけどさ。一般のひとたちの目につくところで悪さをしている奴《やつ》らがいるって聞いて、ちょっとお灸《きゅう》を据えに来たんだよね」

こうなると、愛想のよさはかえって恐怖心を煽《あお》った。

「ほら、子どもだって悪いことをしたら叱《しか》られるじゃん？　大人だけ目こぼしされたんじゃや、示しがつかないっしょ？」

同意を求められたシェフが何度も頷《うなず》く。

「その、とおりです」

シェフは相手の素性を悟っていっそう青ざめ、その額に脂汗を浮かべた。

「こっちはただ、使用料を払うって言われて、場所を貸してただけで……ていうか、ぜんぜん関係なくて、正直迷惑してるんですよ」

しどろもどろの言い訳に、真柴と名乗った男がシェフの肩をぽんぽんと叩《たた》く。

「じゃあ、案内して」

そう命じられて、シェフに選択肢はなかった。

「もちろんです」

ぎくしゃくとした動きで先に立って歩きだし、男たちを奥へと案内する。バックヤードにある休憩室のさらに向こうにドアがあり、そこが裏カジノの現場のようだった。

確かにうってつけの場所だ。

「前は、カラオケスナックがあって、休憩室で繋《つな》がってて」

客が出入りしてもおかしくないばかりか、元カラオケスナックであれば防音設備もそれなりに整っているはずだ。

ここまでくればどちらについたほうが得か、火を見るより明らかで、シェフもそう考えたらしく、青白い顔にへらへらと笑みを張りつけた。

「カラオケスナックのほうの所有者は他にいるんですが、遠くに住んでて放置状態なんですよ。だから、実質私が管理してるみたいなもんで」

いまや率先して手引きをするシェフは、奥のドアの前まで来ると邪魔にならないよう壁にぴたりと背中をつける。

が、

「なにやってるんだよ。遠慮すんな」

ぐいと腕を引っ張られ、先に入るよう尻《しり》を膝《ひざ》で蹴られるはめになり、作り笑いが引き攣った。

「え……私、ですか」

「案内してくれたんだから、一番に乗り込ませてやるって」

まるで栄誉だと言わんばかりの一言に、シェフが迷いを見せたのは短い間だった。自身も「お灸を据える」側に回るのが、なによりの保身だと気づいたのだ。

「りょ……了解でーす」

唇を引き結び、ドアノブに手をかける。

「いきますよ」

緊張しているのだろう、上擦った声でそう言うと、勢いよくドアを開けた。シェフは騒ぎになることを想像していたらしいが、現実はそうではなかった。誰も気づかず、みな目の前の勝敗に夢中になっている。

三卓ほどあるテーブルで行われているのは、ポーカーとバカラ、そして簡易の座敷《ざしき》では丁半博打《ばくち》。

やりとりは現金のみで、扱っているのもたいした額ではない。せいぜいが、二、三百万程度だ。

室内には煙草《たばこ》の煙が充満し、打っている客もいかにもの輩《やから》ばかりで、セレブが集まっていた三島《みしま》主催のカジノとはまったく別ものだといえる。

まさに場末の賭場《とば》だ。

防音設備を盲信しているのか、みな遠慮なく歓声を上げたり悪態をついたりして、誰ひとり侵入者に意識を向ける者はいない。

「えー、みなさん。ちょっといいですか」

一声を発したのは、シェフだった。おとなしそうな外見に反して意外に切り替えは早いのか、すでに与えられた役回りを超え、自らの意思で立ち回り始めていた。

「そのまま動かないでください。ちょっとお話があります」

遊興を邪魔されて不満げながらも、場所を提供しているシェフの言葉にみなの手が渋々止まる。

「んだよ、用があるなら早く言え」

WHITE HEART

W.H.

white heart

講談社X文庫

バカラに興じていた、右手の小指のない男が、これ見よがしに舌打ちをした。それを待っていたかのようなタイミングで、真柴が足を踏み出した。

「あれあれ？　白井《しらい》さんじゃないですか」

真柴が口にしたのは、三島が亡くなったあと、結城組の若頭補佐の座におさまった男の名前だ。

年齢にしても役職にしても真柴よりは上になるが、現在の木島組と結城組の力関係を鑑《かんが》みれば、一概にそうとは言えない。白井は、この場から真柴を追い出すどころか、まともに争うことすら難しいだろう。

「は？」

にこやかな真柴に反して、自分に声をかけてきた相手を睨《にら》みつけた白井だが、認識した途端、あからさまに動揺して椅子から立ち上がる。他にも座敷にふたりほど。あとは警備員よろしく壁を背に立っている者が裏カジノを開いている側、結城組の人間だろう。

「真柴……なんで、ここにいるんだ」

「なんでって、遊びに来たに決まってるでしょ。そっちで飯食ってたら、彼がぜひって言ってくれたんですよ」

すでに、シェフに戸惑う様子はない。それどころか、二重顎《あご》を揺らして大きく頷いた。

「で？」

ひょいと真柴が肩をすくめた。

「白井さんとお仲間さんたちは、ここでなにをしてるんですか？　まさか結城組の名で賭場を開いてる、ってことはないですよね」

「……だったら、なんだ。そっちが出てくるようなことじゃないだろ」

白井にも意地があるのだろう、眦《まなじり》を吊《つ》り上げて反論する。

「ことですよ」

真柴は笑みを引っ込め、真顔になった。

「結城組のシマでなにやろうと放《ほ》っとけ、ですか？　確か、このあたり一帯を三島さんが強引に取り上げたんですよね。ところで、白井さんはこのビルの所有者が誰か、知ってます？　田上《たがみ》さんっていうひとだったんですけどね、つい三日前、田上さんから正式にうちが買い取らせてもらいました」

「ばかな……っ」

信じられないとばかりに、白井がかっと目を見開く。その両眼は見る間に血走り、額には玉の汗が浮く。いまの話がどれほど自分にとってまずいのか、仮にも結城組の若頭補佐である彼は理解しているのだ。

逃走を図ろうにも、結城組四人に対して、木島組は六人。

圧倒的に状況は不利だ。

「……わかった。すぐに閉める。二度とやらん」

肩書もないような若造相手に頭を下げるのは、屈辱にちがいない。こめかみに青筋を立てながらも頭を下げた白井は、言葉どおり客を追い払う。不満を漏らしつつ客が去ると、いよいよ緊迫した空気が漂った。

「五代目には、二度と賭博はやらないと伝えてくれ。あと、謝罪も」

幹部から外された結城組が先の件で遺恨を残しているのは、誰もが知るところだ。自業自得とはいえ、組長が殺され、組の力を削《そ》がれたとあっては当然で、陰で久遠《くどう》を悪《あ》し様《ざま》に罵《ののし》っている者もいると聞く。

報復しないのは、ひとえにできないからだ。

そういう事情もあって、結城組のナンバー3の立場でこうまで下手に出るのはさぞ不本意だろう。

「あ？　うちのボスに、なにを伝えてくれって？」

真柴は明後日《あさって》のほうを向き、指で耳を掻いた。

「二度とやらない？　謝罪？　本気で言ってんのか？　ガキ同士の喧嘩《けんか》かよ」

木島組の男たちがどっと笑う。

笑っていないのは当の真柴だけだ。いまの真柴を見れば、誰もホスト風とは言わないはずだった。

「そんなだから、あんたらは駄目なんだ」

こうまで見下されても白井はもとより他の三人も一言の反論もしない。どこかで木島組を軽視していた自分たちの甘さと、まだ自分たちは盛り返せるという勘違いを突きつけられて、言葉を失ったのだ。

「金、か。金なら――」

真柴のひと睨みで、白井は最後まで言えなかった。

「金はまあ、あとの話で、その前に詫《わ》びの仕方はいろいろあるだろ？　幸運にもカラオケスナックだから声は出し放題。どうせならいいシャウトを聞かせてくれ」

彼らにできたのは、防音設備が裏目に出てしまったと嘆くことだけだった。

真柴がメキシコ料理店にいたのと同じ頃、もうひとつの賭場でもほぼ同様の状況になっていた。

ただひとつのイレギュラーを除けば。

そのイレギュラーを前にして、自ら志願して裏カジノ潰しに参加していた沢木《さわき》は喉《のど》で唸《うな》った。

「なんで、ここにいる」

沢木の問いに、

「取材、です」

当たり前だと言いたげに来栖《くるす》が答える。そのとおりであっても、後ろ手に縛られている状態では沢木の疑問はもっともだろう。

床に転がされている来栖に見向きもせず賭博に没頭していた客たちの姿は、まるで風刺画のごとくどこか滑稽《こっけい》だった。

「見てないで、解《ほど》いてください」

沢木が思案のそぶりを見せる。他の木島組の者たちは結城組の組員を捕獲し、乱暴に追い立てているため、この場には沢木しかいない。

来栖は怪我《けが》を負っていた。

「脇腹《わきばら》を蹴られて、痛いんです」

口許《くちもと》も赤く腫《は》れているし、額や腕には擦過傷がある。身につけているシャツにしてもぼろぼろだ。

「ジャーナリスト？　そういうのやってたら、危ない目に遭うのは想定済みじゃねえのか」

無表情で来栖を見下ろしていた沢木はその場にしゃがみ、拘束を解く。自由になった手で右の脇腹を押さえながら、来栖が顔をしかめた。

「想定済みもなにも、暴力は最低です。なんの解決にもならないですし」

は、と沢木が鼻で笑った。

「たいがい解決できるな。ていうか、言葉の暴力っていうのもあるんじゃねえのか」

「やくざが言葉の暴力ですか」

納得いかないとばかりに皮肉たっぷりにこぼした来栖は、

「暴力で解決できるって、たとえばどんなことですか」

立ち上がりつつ沢木に質問を投げかける。

「怪我をしてるわりに、元気じゃねえか」

沢木は答えず、その一言を最後に来栖から離れた。

「ちょっと、まだ答えてもらってません」

来栖を無視してみなのあとを追い、部屋を出ていく。ひとり残った来栖は、テーブルの上に放置してあった自身の携帯を取り上げると、痛みで顔をしかめつつも何枚か写真を撮り始めた。

といってもそこにあるのは、散乱したカードやサイコロだけだ。

現金は木島組が回収したが、取りこぼしたのだろう、床の上に落ちた一万円札に目を留める。さっきまで数百万が行き交うのを目にしていたせいか、来栖はただの紙切れででもあるかのように一瞥《いちべつ》しただけで、脇腹を押さえ、左足を引きずりながら部屋を出ていった。

来栖が記事にするまでもなく、結城組は衰退の一途を辿《たど》るにちがいない。引き継いだ裏カジノを潰されたばかりか、この先再建できるチャンスは皆無だと、明日には不動清和会——いや、全国の組織に知れ渡っているはずだ。

ひとつの選択ミスが致命傷になりかねないと各々自覚させると同時に、木島組の怖さを知らしめる役にも立つ。

組を出てから数時間後、二ヵ所の賭場を一掃して戻った組員たちは、まずは若頭である上総《かずさ》に首尾を報告する。

今回の指揮をとったのは上総で、その場にいた結城組の組員は解放せずに抑留することも指示のひとつだった。

取引材料にするのがその理由だが——すでにその必要すらないかもしれない。今回の裏カジノの件は、結城組にとって駄目押しになったと言って間違いなかった。

「じつは、賭場に来栖がいました」

沢木のその言葉に、マジか、と真柴が目を瞬《しばたた》かせる。

「来栖って、あれだろ? 自称ジャーナリスト」

はい、と沢木が頷く。

「一応デジカメのデータは消しておきました——あいつ、拘束される際に結構やられたふうなのに、ぜんぜん懲りてない感じでした」

「すげえな」

真柴は面白がっているふしがあるが、上総は呆《あき》れたようだ。うんざりした様子でかぶりを振る。

「まあ、仮に公表しようがすまいがうちは関係ない——それにしても、後先構わず首を突っ込んでいくやり方は、利口とは言いがたいな」

上総の言ったように、もし木島組が乗り込んでいかなかったなら、賭場のあとに南川《みなみかわ》と同じ末路を迎えていた可能性もある。そういう意味では、来栖は木島組に救われたといえるだろう。

木島組から関与することはないのもそのとおりだった。わかりやすいやくざより、正義を振りかざす一般人のほうがなにかと厄介なのは、このご時世においていまや周知の事実なのだ。


裏カジノの件から三日後。

鈴屋《すずや》は来栖と会う算段をつけていた。来栖本人が携帯の番号を多方面にばらまいていたおかげで簡単に入手でき、鈴屋から連絡をとったのは昨日のことだ。

やむを得ずだった鈴屋に反して、来栖のほうはちがうのか手放しで喜び、会いたいという申し出に二つ返事で承知した。

無論、三島の裏カジノに参加していた者を調べている来栖にはまたとない機会だろう。にもかかわらず、これまで鈴屋に接触せずにいたのは理由があるはずだった。

一方、鈴屋には鈴屋の思惑があった。来栖の目論見《もくろみ》を明確にし、阻止することだ。

「綾瀬《あやせ》の家に招待してもらえるかと思った」

わずかに左足を引きずって喫茶店に現れた来栖は、二十年近くのブランクなどなかったかのような親しさを見せる。昼間に、みなの目に触れる場所で会うと決めたのは鈴屋だったが、再会を喜んでいないのはその表情で明らかだった。

「やくざの家にか？」

鈴屋の皮肉めいた言葉も気にならないのか、来栖は笑顔で向かいの椅子に腰かける。

「旧友の家だ」

「おまえ好みの連中がごろごろいるって？」

古い喫茶店の、観葉植物でさえぎられた窓際の席は人目を避けるにはうってつけではあるものの、窓越しに降り注ぐ真夏の日差しのなか不穏な会話を交わしているのが、まさか自称ジャーナリストとやくざ、しかも不動清和会の役員だとは誰も予想だにしていないだろう。

外見だけなら、鈴屋のほうがよほど好感度が高い。

叔父である三代目は「いつまでも学生気分が抜けない」と案じているが、以前久遠が言ったとおり、鈴屋自身があえてそうしている部分が大きい。そのおかげで誰憚《はばか》ることなくどこへでも行けるというメリットがある。

今日のように。

「時機を見てこっちから連絡しようと思っていたんだ。まさか綾瀬から電話がかかってくるなんて」

来栖は終始笑顔だ。

「あれほど派手にやっててよく言う。俺の名前を出したよな」

「名前？　ああ、そういえば柚木《ゆぎ》さんに思い出話をしたな。派手にやったつもりはないけど、まあ、仕事だから」

「仕事、か」

店員がコーヒーを運んできたその間は口を閉じ、離れたのを確認してから、

「仕事ね」

鈴屋はそうくり返した。

「高校で日本史を教えていたんじゃないのか？　ひとつやふたつ、それも手垢のついた記事を書いたくらいで、よくジャーナリストを名乗れるな」

「なんだ。知ってたのか、俺が教師だったの。だったら、もっと早く連絡すればよかった

な」

ちぐはぐな会話に焦《じ》れているのは鈴屋だけで、来栖は心底愉《たの》しそうだ。根本の認識がちがうせいでもある。

鈴屋にとっては、今回のことがあるまで存在を忘れていた元クラスメートでしかなく、懐かしむような思い出のひとつすらないのだ。本来であれば、わざわざ連絡をとって会うような仲ではない。

「だったら、三年前に辞めたのも知ってるよな。最近の子って扱いが難しくてさ。俺なりにうまくやってたんだけど、あるとき、ふと疑問に思ったんだ。俺はこんなことがしたかったんだろうかって」

「で、そのしたかったことがこれって？　公務員からまた極端な選択をしたんだな」

「べつにジャーナリストになりたかったわけじゃない」

来栖の笑みがその顔から消えた。が、それも一瞬で、またにこやかな表情になる。

「最近よく思い出すんだよ。親が離婚して、俺、結構落ち込んでて綾瀬に相談しただろ？　綾瀬、じゃあ親父《おやじ》を支えてやんなきゃなって言ってくれて。あとで綾瀬もひとり親だって知って、よけいに親近感を覚えたな」

「悪いけど、相談にのった記憶はない」

けんもほろろとはこのことだ。鈴屋の態度は一貫しているが、来栖が気にする様子はない。

「妹のこともあったから、よけいに綾瀬に親しみを感じてたのかも」

終始懐かしさを滲《にじ》ませる。

「妹さん、元気か？」

この問いにも、まるで世間話のひとつででもあるかのように、

「死んだよ」

あっさり返した。

どうやら答えを知っていたのか鈴屋に驚いた様子はなく、眉ひとつ動かさなかった。

「ああ、そういえば憶《おぼ》えてるかな。それからしばらくして、親父と喧嘩して手を出してしまったって落ち込んでいたら、自分が正しいと思うことをすればいいって言ってくれたよな。おかげでずいぶん気が楽になった。救われた気がしたよ。あのときは、本当にありがとう。なぁんて、いまさらだけど」

饒舌《じょうぜつ》に語る来栖に、鈴屋の顔に不信感が滲む。ふたりの温度差は、奇異なほどだ。

「高校卒業してからもずっと、綾瀬の言葉が頭にあった。迷ったとき、なにかを選択しないといけないとき、自分に問うんだ。それは自分にとって正しいことなのかって」

黙って聞いている間に多少は記憶がよみがえってきたのか、それともいいかげん鬱陶《うっとう》しくなったのか、鈴屋の眉間《みけん》に深い縦皺《たてじわ》が刻まれた。

「そんなことあったか？」

カップにミルクと砂糖を入れる傍ら、緩慢に口を開く。

「落ち込んでたから、気にすんなって意味でそんなことを言ったのかもな」

「思い出してくれた？」

猫舌なのか、少し口をつけただけでカップを置くと、鈴屋は来栖に向き直った。

「ああ、たったいま思い出した。放課後、竜也《たつや》と俺とふたりだった。おまえ、いなかったよな。どこで聞いてた？」

「――なに言ってるんだ」

「なにって、親父殴って落ち込んでたのは竜也だったたって話。江田《えだ》竜也」

来栖が黙り込む。虚言を見破られてばつが悪い、というよりどこか不思議そうに見える。しばらく考え込んだすえ、ふたたび笑顔になった。

「あと、あれは？　綾瀬が――」

「俺がおまえを呼び出したのは、こんな話をするためじゃない」

来栖をさえぎり、鈴屋は本題に入る。

「ジャーナリストだろうがなんだろうがなればいい。うちの組をネタにしたいなら、好きにしろ。けど、仕事先まで押しかけて一般人を巻き込むのはちがうだろ」

めずらしく苛立《いらだ》ちを隠そうとしない。それだけ腹を立てているということだ。

「一般人——て、もしかして柚木さん？　あれは、でも一般人っていえるか？」

「一般人なんだよ」

　鈴屋が即答する。

「生活も考え方も、周りにいるひとたちも含めて彼は一般人だ。俺の言っている意味、わかるか？」

「取材をやめろって言いたいんだろ？　けど、そんなの気にしてたら、なにもできない。俺が最初に書いたのも都築《つづき》さんについてだから。都築さんもまあ、一般人だろ？　あと、裏カジノに出入りしていた奴らも一般人様だ」

「理解できないか」

　ひょいと肩をすくめる来栖に、鈴屋は真顔で、静かに言葉を重ねる。

「二度と柚木さんに近づくな、そう言っているんだ。頼んでるんじゃない。なぜなら俺は、おまえを彼に近づけない方法を三つほど思いつく」

　見据える双眸《そうぼう》も真剣そのものだ。

「わからないな」

　一方で来栖は不満そうだ。

「綾瀬は、なんとも思わないのか？　久遠と柚木さんの関係。あれ、公表を控えてるってだけで、柚木さんはいわゆる『やくざの女』ってヤツだよな。このご時世とはいえ、やくざっていうのは古いしきたりを重んじるんだろ？　トップが男に入れ込んでるなんて、普通に不快じゃないのか」

一応周囲を慮《おもんぱか》る気持ちはあるらしい。抑えた声音で来栖は問う。

もっとも鈴屋の眉間に深い縦皺が刻まれたことに気づかないのだから、その配慮も中途半端というしかない。

「それこそおまえには関係ないことだ」

一蹴《いっしゅう》されても、なお食い下がる。

「いや、興味を持つなっていうほうが無理だろ。実際、柚木さんは興味深い。なぜ距離を置かない？　リスクを負ってまで離れずにいるのは、なにかメリットがあるのか？　金銭的援助を受けているのか、刺激を欲するタイプなのか——ああ、それともセックスのほうかな。確かに彼は——」

「黙れ」

あまりに無神経な来栖に、鈴屋の目が据わる。ここにきて本気で怒っているようで、こめかみがピクピクと痙攣《けいれん》した。

だが、来栖には鈴屋がなぜ怒っているのかまだわからないようだ。

「なるほど。綾瀬は公平であろうとしているのか。確かに古い体制を変えるには、ときに思い切った方法が必要だ」

ピント外れな一言を発し、満足そうに頷く。

「俺も、どちらかと言えば柚木さんには同情的なんだ。あれだけ恵まれた容姿なのに、よりにもよってやくざなんかと」

かぶりを振った来栖を、もう鈴屋は相手にする気はないのか、険しい顔で話は終わったとばかりに腰を浮かせる。

しかし、立ち去る前に来栖が手を掴《つか》んで引き止めた。

「ただ、きみ自身はどう思ってる？　彼らのことはさておき、脅すという行為を平然とすることが正しいのか？」

語尾が上擦ったところをみると、まったく理解していないわけではないのだろう。鈴屋の前であえて抑えてきた激情が漏れた、と言ってもいいかもしれない。

「そもそもやくざになった理由はなんだ。彼が一般人だって言い張るなら、きみこそ一般人だったじゃないか。もし他に跡継ぎがいなかったんなら、そんな組は終わらせるべきだったんだ。ひとりの人間が人生をなげうってまで、存続させる価値がどこにある。現実問題、十年後、いや、五年後にいまのままでいられると思うか？」

観葉植物を隔てたテーブル席の客の耳に、不穏な声が届いたらしい。会社員と思しきふたり連れは顔を見合わせ、何事か小さく囁《ささや》く。

「どう考えても無理だな。やくざなんて、淘汰《とうた》されてしかるべき存在なんだ」

それでも構わず捲《まく》し立てる来栖から視線を外した鈴屋は、無言でその手を振り払い、支払いをすませてひとり外へ出た。

今日わざわざ来栖に会って忠告をしたのは、昔のクラスメートに対する温情というより、来栖湊《みなと》がどういう男なのか確認するのが目的だった。来栖がなお柚木につきまとうようであれば、なんらかの手を打つ必要がある。

鈴屋は渋面のまま、タクシーを拾うために表通りに足を向けた。

用件が用件だからといっても、組を担う長が単身出かけたと知られれば叔父や若頭の小言を聞くはめになるだろう。同じ一般人からやくざになった叔父や久遠に比べても、そういう部分が「軽い」「甘い」と評される所以《ゆえん》だと本人も自覚しているが、鈴屋が運転手つきの送迎を回避するのは今回に限ったことではなかった。

「綾瀬」

だが、喫茶店で別れたはずの来栖がなおも執拗《しつよう》に追ってくると予想できていたなら、おとなしく運転手つきの車を使っていたかもしれない。

「いまからでも抜けるべきだ。昔とはちがって毎年潰れていく組織がいくつもあるご時世なんだから、可能なはずだろ。もし厳しいっていうんなら、俺が手伝う。なんなら、稲田《いなだ》組――いや、不動清和会ごと潰せばいい。きみと俺なら、きっとそれができる」

大通りが目の前になったところで、鈴屋が細い路地に入っていく。ビルとビルの合間に通行人はおらず、ふたりきりになるとすぐ、背後の来栖を振り返った。

「まさか、それが目的か？」

は、と鼻を鳴らす。

「裏カジノの客がターゲットだと見せかけて、そっちが本筋って？　不動清和会を潰す？　それができる？　また大きく出たな」

さもおかしくてたまらないとばかりに、かぶりを振った。

「他人の人生に口出しするのが、おまえの正義ってわけか。あいにく水が合ったみたいで、こっちは愉しくやってるよ。やめる気なんかさらさらないね。思い込みで絡んでこられても迷惑なんだ。わかったらさっさと帰って、マスでも掻いてろ」

舌打ちが出たのは、相手にしてしまったことへの後悔からか。顔をしかめた鈴屋は、路地を抜け出し、ふたたび大通りへ足を向ける。

これで終わったかと思えば、その背中に来栖が声を張った。

「だったら、きみの正義はやくざの親玉になって、子分を従えることだとでも言うのか」

納得できないとでも言いたげに不満をあらわにする来栖を、鈴屋はすでにまともに相手にする気はないのだろう。

「そうだよ」

聞こえても聞こえなくても構わないとばかりに前を向いたまま一言吐き捨て、あとはなに喚《わめ》かれようとも無視を決め込み、タクシーに乗り込んだ。

「そんなの、許せるわけないだろ」

来栖の呟きが鈴屋に届かなかったのは、よかったのか悪かったのか。どちらにしても、鈴屋のなかで来栖が、単なる昔のクラスメートから警戒すべき相手になったのは間違いなかった。

5

「やっぱり約束を守っていただけなかったんですね」

初めから嫌悪感をあらわにし、和孝《かずたか》は来栖《くるす》に抗議する。予想していたとはいえ、こうもあっさり覆されると、怒りを通り越して呆《あき》れてしまう。

閉店後に店にやってきた来栖は、前回のときとはちがって、愛想笑いすら見せる気はないらしい。

「取材を受ける気はないのでお引き取りください」

皿洗いの手は止めずに突き放す。

「約束は守ってください」

村方《むらかた》に続いて津守《つもり》も圧をかけたが、どこまでも厚顔な来栖は顔色ひとつ変えずに居座った。

「そのつもりだったんですけど、事情が変わったんです」

それればかりか厨房《ちゅうぼう》に入ろうとしてくるような始末だ。

「そっちの事情なんて知りませんよ」

津守が止めても、まったく動じない。ばつの悪いそぶりさえ見せないのだから、どういうメンタルだと神経を疑う。

「そこを退《ど》いてくれませんか。あんたに用はない。俺は柚木《ゆぎ》さんと話をしたいんだ」

体当たりする勢いで向かってくる来栖を躱《かわ》した津守は、そのまま腕を捩《ね》じ上《あ》げると同時に床に倒した。

「正当防衛です」

体格でも力でも技術でも津守に敵《かな》うわけないのに。

ため息をこぼした和孝は、厨房を出ると床に倒れて呻《うめ》いている来栖を見下ろす。なぜか来栖は汗だくで、顔をしかめ、苦しんでいるようにも見えた。

「……どうかしたんですか」

床に倒されただけにしては様子がおかしい。津守もそう思ったのだろう、来栖の上から身を引くと、シャツに手をかけた。

脱がせるまでもなく、裾《すそ》を捲《めく》っただけで十分だった。来栖が呻くのは当然で、右の脇《わき》から腰にかけて皮膚の色が青黒く変わっていた。

「怪我《けが》をしていたんですか」

数日前の打撲のようだ。こんな状態でよく津守に向かっていけたものだと呆れるが、このまま帰すわけにはいかなくなった。

「病院は行ったんですか」

肩で息をしている来栖に問うと、

「必要、ないから」

切れ切れに、案の定の返答がある。

勘弁してくれ、と頭を抱えたくなった。

「必要ないわけないでしょう。ったく、なにやってるんですか」

「いまので悪化した」

「自業自得です」

一蹴《いっしゅう》した和孝は、津守に車のキーを渡してパーキングから店の前までの移動を頼むと、その間に夜間診療を行っている病院を探す。

村方は村方で、普段自分たちが使っている湿布をスタッフルームから持ってきて渡そうとするが、なにを考えているのか来栖は拒否する。

「こういうときくらい、素直になったらどうなんですか」

村方が気分を害すのも無理はない。当人がよくても、万が一にも来栖の身になにかあれば真っ先に疑われるのは自分たちなのだ。

「なにがなんでも病院に行ってもらいます」

このまま帰してあとからなにかあっても困る、と言外に告げる。実際、来栖の身を案じているわけではなかった。

「病院？　いいんですか？　この怪我、もしかしたら木島《きじま》組にやられたって言うかもしれませんよ」

この状況でも憎まれ口を叩《たた》く来栖には、心底厭気《いやけ》が差す。

確かに、その可能性は和孝にしても考えた。一般人にはけっして手を出さない代わりに録音録画をする、というのを何度か目にしてきたとはいえ、若い連中は血の気が多く、つっかっとなることもあるだろう。

しかし、来栖のいまの一言でそうではなかったと逆に安心した。もし木島組の誰かに怪我をさせられたのだとしたら、来栖はむしろ鬼の首でもとったかのごとく吹聴《ふいちょう》したにちがいない。

「断っておきますが、あなたのためじゃなくて、自分たちのためです。なにかあって迷惑をこうむるのはこっちなので」

津守が戻ってきた。

半ば無理やり来栖を連れ出し、後部座席へ押し込む。急遽《きゅうきょ》穴を開けるわけにはいかないため、津守には予定どおり月の雫《しずく》に行ってもらい、病院には和孝と村方で向かうことにした。

「じゃあ、あとをよろしく」

津守に店の施錠を頼み、村方は後部座席に、和孝は運転席に乗り込む。

「気をつけて。油断は禁物です」

津守に見送られて車を発進させると、事前に連絡をしておいた病院の住所をカーナビに打ち込んだ。

「借りができたとか、思いませんよ。あなたたちが強制しているんですから」

減らず口が叩けるのなら重傷ではなさそうだ。それにしても癇《かん》に障る言い方をする男だと知らん顔をしていると、来栖は勝手にしゃべりだす。

「じつは、綾瀬《あやせ》と会ったんです」

相手が返事をしようがすまいがお構いなしだ。

「柚木さんの話も出ましたよ。どんな話か、気になりませんか」

こちらが黙っていても、答えを自ら披露する。

「柚木さんに近づくなって、釘《くぎ》を刺されました。すごいですよね。不動清和会《ふどうせいわかい》の役員を動かすんだから、ずぶずぶもいいところじゃないですか」

勘違いしているようだが、訂正してやるほど親切ではなかった。鈴屋《すずや》が気にかけているのは和孝の身ではなく、久遠《くどう》、もっと言えば不動清和会だ。

延《ひ》いては来栖自身のためでもある。

昔のクラスメートのよしみでわざわざ時間を割いて忠告したにちがいない鈴屋の意図をまるで察することなく、とんちんかんな話で挑発してくる来栖にはなにを言っても無駄だろう。

病院の駐車場に到着し、やっと来栖の独演から解放される。自分たちは中まで付き添わずに来栖が車を降りたところですぐにその場を離れた。

やるべきことはやったし、怪我の状態を診た医者に警察を呼ばれるのがなにより困る。

一応の義務を果たして、無駄な疲労感に襲われながら村方とふたり、真夜中の街を車で帰路についた。

「津守さんにメールしておきました。ていうか、あのひと、ほんとなんなんですかね」

さすがの村方も疲れた様子だ。

「脇腹もですけど、軽く足も引きずってましたよね。あんなふうになってまで、いったいなにがしたいんでしょう。ジャーナリズムも裸足《はだし》で逃げ出すってもんですよ」

ため息をこぼした村方に、和孝は苦笑する。

「村方くん、よく見てるね」

「そりゃあもう、あのひと僕のことなんて眼中になかったですから。これもんで見てやりました」

親指と人差し指で両目を開いてみせる。どんなときでも暗くならないのが村方のすごいところだ。

「俺にもぜんぜんわからない。ていうか、わかりたくもない」

「悔しいですけど、じつは僕、最新号も読んだんです」

悔しいというのも、読まずにはいられなかった気持ちも理解できる。和孝自身、無視してやると思っていたのに、結局コンビニで入手してしまった。

「あれって、いかに業界が斜陽なのか世に知らしめる目的ですよね。これが普通の企業だったら、営業妨害ですよ」

もっともだ。

ただ、この場合普通の企業ではないので、世間は来栖の味方になる。民意が一方向に傾いた途端、警察は機と見て大鉈《おおなた》を振るうかもしれない。

来栖の望みにはほど遠いが、勢いをなくすのはそのとおりだろう。

「……本当、そうだよな」

歯切れが悪くなってしまったことに、和孝自身気づいていた。

――結果的にそれが柚木さんのためになるんじゃないかな。だって、考えてもみてください。暴力団が衰退し、消失すれば、あのひとも廃業せざるを得ないですよね。まっとうに働いて、普通に生きていくしかない。

来栖のあの言葉が頭をよぎったせいなんて、死んでも認めたくないが。

出会ったときからやくざの久遠しか知らない自分にとって、その部分は多くのなかのひとつの要素にすぎない。

たとえなにも変わらなくても、なにかが変わったとしても、久遠は久遠だ。

「とにかく、あのひとがこれ以上僕らに関《かか》わらないでくれるなら、それでいいです」

これには全面的に同意し、あとは仕事の話に終始する。先日月の雫に顔を出したことで大いに触発されたようで、村方は俄然《がぜん》やる気になっていて、新メニューの開発をしたいと息巻いた。

アイディアを出し合っていると、あっという間に村方の自宅に着く。

「ありがとうございました」

「どういたしまして。じゃあ、明日も店で」

右手を上げて、車を出す。ひとりになった帰路は先刻までとちがい、やたら長く感じ、マンションの地下駐車場に駐《と》めたときには、思わず肩から力が抜けた。

降車した和孝は、エレベーターで最上階へ上がり、合い鍵《かぎ》を使って部屋に入る。すでに日付は変わっていて、一時近い。

手で肩を揉《も》みながらリビングダイニングに入っていくと、ちょうど久遠が煙草《たばこ》の火を消したところだった。

「ただいま」

遅くなった理由を話そうと来栖の名前を出すと、津守から連絡がきたとかで久遠は把握済みだった。

「村方くんと一緒に病院の駐車場まで乗せていった。こっちはやるべきことはやったから、あとは来栖さんが診察を受けようと受けまいと好きにすればって感じ。どうでもいい」

「どうでもいいわりには、苛立《いらだ》ってるな」

否定しようにも、久遠の前で取り繕うのは難しい。ほんの少しの表情や仕種《しぐさ》の変化で見抜かれてしまう。

「……まあ、あのひと車の中でも好き勝手言ってたから。自信家っていうか、自己陶酔が激しいっていうか、なんでああも他人の神経を逆撫《さかな》でするかな」

似たタイプに榊《さかき》がいるが、こちらは普段、弁護士として多くのクライアントに接しているからか、最低限の常識はあるし、他人の話にも耳を傾ける。

いや、もしかしたら自分のなかで少なからず榊の印象が変わったのかもしれない。間違いなくそれは、モロッコでの一ヵ月があったからだ。

ひとえにディディエの人間性のおかげだといえる。

「多少怪我をしたくらいじゃ、懲りないだろうな」

「マジでムカつく」

鬱々《うつうつ》とした心地で鼻に皺《しわ》を寄せた。実際、気持ち悪くてたまらない。のらりくらりと核心を外したあげく、非現実的な目的を堂々と公言するのもそうだし、その理由が正しいことをするためなんて、下手な怪談よりも寒気がする。まだ私利私欲、私情だと言われたほうがマシだ。

久遠の隣にどさりと腰かけた和孝は、目の前にあるマルボロに手を伸ばして唇にのせる。火をつけ、軽く吸ってからふたたび口を開いた。

「どうでもいい奴《やつ》になにを言われようと関係ないって思ってたって、やっぱりムカつくんだよな。親御さんが気の毒に、なんて言われたらさ」

思い出しただけでも頭に血が上りそうになる。あいつが気の毒なものかと嗤《わら》ってやりたいのに。

それ以上に腹立たしいのは、久遠についてわかったふうに語ったことだ。あの男のジャーナリストとしての資質に興味はないが、他人を不快にさせる才能にかけてはトップクラスだろう。

「父親に対しては、後ろめたさなんてまったくない。孝弘《たかひろ》のことは気になってるし、ろくに会いに行けなくて申し訳ない気持ちはあるけど、それってたぶん俺の自己満足でしかないから」

孝弘にとって必ずしも兄の存在が必要なわけではない。あの父親のもとで十分いい子に育っているし、一人っ子なんてごまんといるのでそれを気に病みだしたら切りがない。

「どう言えばいいんだろ」

ぴったりくる言葉が見つからず唇をへの字に歪《ゆが》めると、久遠の手が頭にのる。

「家族はそういうものだろうな。複雑で、一言で伝えるのは難しい」

「あー……うん。面倒くさいよね」

耳に心地いい低い声は胸の深い場所まで染み入る。本来は自虐的になってもいいはずなのに、心が穏やかなのはそのおかげだ。

「面倒、厭だと思いながら切れない相手は、あきらめて大事にしてみろ。先代が若い奴らによく言っていた」

「──木島さんが？」

「相手のためじゃなく、それがいつか自分のためになると」

「………」

自分のため。

言いたいことはなんとなく理解できても、そこまで割り切るのは、いまの自分には無理だ。そもそも父親にその気がないのだから、大事にしようなんて気持ちを持てるはずがなかった。

「ハードル高すぎ」

「あきらめられるようになるには、年月と経験が必要だという意味だろう」

くしゃくしゃと髪を乱してくるその手に身を委《ゆだ》ねつつ、年月と経験、と呟《つぶや》く。まさかこ

の先何度も父親に呼び出されるはめになるとでもいうのか……想像しただけでぞっとし、思わず肩を縮めた。

「俺にそんな日が来るのかな。ぜんぜん無理そうなんだけど」

指に挟んでいた煙草をもう一口吸う。それで満足したので、吸いさしは久遠の唇にのせた。

「無理なら無理で、それもひとつの答えだ」

「確かに」

身体《からだ》を傾け、久遠の肩にこめかみをくっつける。

「来栖さんのせいで、無駄に疲れたし」

マルボロの匂《にお》いを間近で嗅《か》いだ。

自分が吸うのと久遠とでは匂いが少しちがうような気がするのは、やはり心理的なものかもしれない。

久遠から漂う煙草の匂いは和孝の胸を疼《うず》かせ、包み込まれるようなやわらかな心地にさせられる。

「お風呂《ふろ》入らないと」

「そうだな」

「今日はもうシャワーブースでいいかな」

に戻っていた。

「いいんじゃないか」

久遠が煙草を吸い終えるまでと決めてソファに留《とど》まった。今夜の自分には一際沁み入り、おかげでシャワーブースを使う頃には厭な気分も払拭《ふっしょく》され、すっかりいつもどおりに戻っていた。

リビングダイニングでソファに腰かけ、父親と向き合う。こうも短期間で顔を合わせるはめになるとは、予想だにしていなかった。

しかも自宅で、だ。

渋々連絡をしたときは、再度実家を訪ねるつもりだったはずが、

——そっちに行ってもいいか？

父親の一言に、そのときはどこでも同じだと思い、うっかり承諾してしまった。

実家にすべきだったとこうなって知る。自分のテリトリーに父親がいるのがどうにも居心地が悪く、つい貧乏揺すりをして気まずさを味わうはめになった。

とはいえ、もう一度だけと決めたのは自分自身だ。

いつまでも喉《のど》の小骨を放置しておくのも不快だからというのもあるが、なにより久遠に

言われた言葉が耳に残ったからだろう。

十七歳の頃、もう二度と会わないと決めたにもかかわらず、いまだ絶ち切れずにいる。それればかりか、月の雫を引き継いだという縁まで生じさせてしまった。

——面倒、厭だと思いながら切れない相手は、あきらめて大事にしてみろ。先代が若い奴らによく言っていた。

自分にとっては、まさに父親だ。

父親ほど面倒で、厭な相手はいない。仮にいまの自分が不本意な人生を送っていたとしたら、恨んでいた可能性もある。それほどの相手だ。かといって、何十年たとうとあきらめの境地に至る気もしないのだから、八方塞《はっぽうふさ》がりと言ってもいい。

現時点では、こちらから連絡して会う、それが精一杯だった。

コーヒーをちびちびと飲むのも落ち着かないせいだとわかっていても、両手でマグカップを持ったまま父親を窺《うかが》った。

相変わらず神経質そうな印象を受ける。この調子でスタッフに接しているのだとすれば——みなの苦労は推して知るべしだ。

コーヒーに口をつけた父親は、うまいなと呟く。

「豆がいいのか」

「まあ、そうかも。豆に合わせた淹《い》れ方をするようにしてるけど」

父親の口許《くちもと》が微《かす》かに綻《ほころ》んだのがわかった。

「なんだよ」

今日は先日の話の続きのために会ったのであって、コーヒーなんてどうでもいいだろ。内心で自分に突っ込みを入れながらも問う。

「そういうことをちゃんと考えるようになったんだなと思ったんだ。一人前の料理人に近づいたじゃないか」

「――――」

あんたに褒められたって嬉《うれ》しくねえよ、と腹のなかで吐き捨てる。実際にぶつけてやればいいのに、そうしなかった。

第一、「近づいた」という言い方がいかにも父親らしくて癇に障る。まだ半人前、どころかひよっこ同然と自覚していようとも、だ。

同じことを他の人間に言われたなら素直に受け止められるので、こればかりはどうしようもない。

「それで？　話は終わってないってなに？　母親似で頼りないっていう以外に、今日はどんな厭み？」

母親を貶めるような物言いになったことに、ちくりと胸が痛んだ。ほとんど憶《おぼ》えていないし、自分のなかにある理想の母親像を勝手に当てはめているのも認めるが、朧《おぼろ》げながら名前を呼んでくるあたたかな声と優しい手の記憶は残っている。

仄《ほの》かな甘い匂いも。

目の前にいる父親にはない。それが答えだった。

「少し早めに来たから、周辺を歩いてみた」

が、こちらの心情を少しも察することなく、父親はまったく別の話をし始める。

怪訝《けげん》に思いつつも、口を挟まず黙っていた。

「いいところだ。駅前は活気があって、マンションの周りには緑も多い。少し先にある公園にも行ってみた。小さな子どもと母親が遊んでいたよ」

今度はなんだ。孫の顔でも見たいと言い出すつもりか。

この話がどこに繋《つな》がるのかと、どうしても身構えてしまう。

「千鶴《ちづる》は、頼りない母親なんかじゃなかった」

しかし、まさかこんな台詞《せりふ》が父親の口から出てくるとは予想だにしておらず、和孝は息を呑《の》む。

なにを言おうとしているのか、まったくわからなかった。

「むしろ我慢強くて、なにかあっても全部ひとりで対処してしまうような女性だったんだ。身体がつらかったろうに、弱音も吐かなかった。もっとも俺が腑甲斐《ふがい》ないせいでもあるんだろうが」

「――――」

父親が、母親について語るのを初めて耳にする。目の前にいる父親はひどく心許《こころもと》ない表情をしていた。

「目標に向かって頑張っている姿が好きだという言葉に甘えていたんだ。俺が忙しくするのが、千鶴のためでもあると思っていたくて……まあ、なんと言ったところで言い訳にしかならないな」

なにを思い出してか、口許に笑みが浮かぶ。白髪頭で皺の刻まれた父親の顔が、一瞬だけ自分の知らない青年のそれに見えたことに戸惑うが――当然ながら父親にも若い頃はあったのだといまさらながら気がついた。

駆け落ち同然だったと、あれは誰から聞いた話だったろうか。

「おまえは千鶴に似て、我慢するだろう？　厭なことを呑み込んで、他人の感情に引っ張られて同調する。だから心配なんだ」

すぐには返答できずに、父親から視線を外すと、ソファから腰を上げた。先日のことは早合点《はやがてん》だとわかったからといって、いまさらこんな話をされて、どういう顔をすればいいというのだ。

キッチンでコーヒーを追加する間、戸惑いと、やはり反発が芽生える。なんでいまさらこんなこと言うんだ、と。

いまさら変えようはない。どちらに転んだところで、自分と父親が交わることはないのだから。

大きく深呼吸をしてからソファに戻り、考えがまとまらないまま和孝は口を開いた。

「ようは、母親にそっくりだから、俺が我慢を強いられてるんじゃないかって話？　まさか、相手がやくざだから怖くて逃げられないと思ってる？」

「いや」

父親はかぶりを振った。

「言っただろう？　頼りないわけじゃないって。もし逃げたいなら、おまえはどんな手を使ってでも逃げるとわかっている」

「だったらなんだよ」

「けどな」

父親の目がまっすぐ射貫《いぬ》いてくる。そこには、今日はなんとしても中途半端では終わらせないという強い意志があった。

「ひとは間違いを犯す。魔が差すんだ。いまは、その男を信じているのかもしれんが、騙《だま》されている可能性はないか？　普通の暮らしと、スタッフの安全とを天秤《てんびん》にかけても勝るほどの相手なのか？　自分のなかの疑問から目をそらしているんじゃないか？　あとで悔やんでも手遅れだ。いや、悔やむだけならまだいい。明日、危険な目に遭うかもしれない。それがわかっているのに、知らん顔なんてできるわけないだろう」

結局、先日のくり返しになる。

もっとも母親の思い出話を聞いたせいか、今日は先日ほどの怒りはない。むしろ父親に同情すら覚える。

このひとは、自責の念をまだ引きずっているのか。自分のようになってほしくないという理由でこうまで踏み込んでくるのか、と。

「母さんは相手を間違ったかもしれないけど、俺は母さんじゃない」

父親の助言なんて不要だし、たとえ悔やむはめになったとしても、大きなお世話だ。

「それに、誰に似たのか、残念ながら俺は頑固なんだよ」

自嘲《じちょう》した和孝は、なにか言いたげな父親をさえぎり、言葉を重ねた。

「絶対に後悔しないとは言えないし、確かにいまも迷ってばかりだ」

自分が単なるオーナーであれば、妙な噂《うわさ》を立てられずにすむし、津守や村方に迷惑や心配をかけることもないのに。そんなふうに考えたのは一度や二度ではなかった。

「だったら」

「でも、ひとつ言えるのは、俺は我慢してないってこと」

「…………」

「我慢してないんだ。あのひとにはなんでも話せる。俺、今日もあんたと会ってなにがあったか、どんな気持ちになったか、あのひとに話すよ。どうしてだと思う？　俺のことを誰より知っててほしいから。ただそれだけ」

笑えるほど単純な理由だ。でも、本心なのだからしようがない。

久遠を理解している人間はたくさんいて、自分が一番とは言いがたい。半面、柚木和孝という人間をもっとも知り、理解しているのは、久遠だと断言できる。

喜び、怒り、つらさ、不満、ときには泣きたくなるような感情までさらけ出してきた。情けない姿も、すべてだ。

「だから、もしこの先後悔するはめになったとしても、十分お釣りがくるんだよ」

父親から返答はない。ばかなことをと呆れて、返す言葉がないのか。

とはいえ端《はな》から理解してもらおうなんて思っていないので、それについての失望はなかった。

「もう帰ってくれないかな。夕飯の買い物に行きたいんだ。ふたり分の」

わざわざ言わなくてもいいことまでつけ加え、父親が立ち上がるのを待つ。

しばらく無言のままだった父親は、のそりと腰を上げたあと、かぶりを振った。

「危険な目に遭わないとは言わないんだな」

危ない目に遭おうが遭うまいが、自己責任だ。そう言うしかないので、この問いは黙って聞き流す。

それを肯定ととったのか、父親が顔を強張《こわば》らせた。

「先日店を休んでいたらしいな。まさか――」

「ごめん。時間がないんだ。あんたも早く帰って、たまには家族サービスでもすれば？」

玄関へ促すことで、話をさえぎる。もう俺のことは忘れて、そのぶん孝弘に愛情を注いでほしいと言外に込めた。

「ああ、月の雫はうまくいってるから」

靴を履くその背中に、最初で最後の報告のつもりでそう告げると、父親の返答は「そうか」と一言だった。

ドアの向こうに消えた後ろ姿は、記憶のなかにあるどれともちがい、和孝は年月を実感する。それは、すっかり他人のものになっていた実家に足を踏み入れたときと同じような感覚だった。

もっとも、母親への想《おも》いを聞かされるはめになったのは想定外で、こちらに関してはそう悪い気分ではない。父親は、親や夫である以前にひとりの男だったのだと、ごく当たり前の事実を認識した。

であるなら、相容《あいい》れないのも頷《うなず》ける。血は水より濃いといっても、個々であるなら根っから合わない者同士がたまたま同じ家で過ごしたというだけにすぎない。自分と父親の関係が孝弘になんらかの悪影響を及ぼすのではと危惧《きぐ》すること自体、的外れだといえる。

「今日の夕飯は、ちょっと手をかけるか」

ずいぶん気が楽になり、財布とスクーターのキーを手にした和孝は、スーパー経由で久遠宅に向かうために部屋をあとにする。

早く顔が見たい。いまの父親とのやりとりを話して聞かせたら、久遠は苦笑し、あの大きな手でくしゃくしゃと髪を乱すのだろう。そして自分は、よく頑張ったと褒められているような気がして、くすぐったさを味わうのだ。

つらつらと考えているうちに無性に顔が見たくなり、気がはやる。ぐっと堪え、父親と話をしたという事実だけをメールしたところ、まもなく折り返しの電話があった。

周囲にひとの姿がないのを確認してから、携帯を耳にやった。

「うん。いま帰っていった。ほんと疲れた。いまさらだけど、自宅でなんて、断ればよかった」

そうか、と久遠が答える。

『そのわりにはすっきりした声だ』

「あー……まあ」

言いたいことを言ったからだろう。父親がどう受け止めるかは、もはや自分には関係のないことだった。

「やっぱり俺は無理そう。どんなに頑張ったって、大事にしてみようなんて心境に至るとは思えない。孝弘にはもう反面教師にしてもらえたら本望だよ」

久遠から聞いた木島の言葉をきっかけに再度父親に連絡をとってみたものの、倣うのは難しいと悟った。自分には、あきらめるより開き直るほうが性に合っているらしい。

ふ、と久遠が笑ったのがわかった。

「え、なに？」

『先代は基本的に賑《にぎ》やかな場所が好きで、社交的な性格だったからな』

「あー……」

だとしたら、端から参考にはならない。組員なら木島のありがたい言葉を聞いて努力するだろうが、自分にはその必要もないのだ。

「久遠さん、初めからわかってて言っただろ」

「大事にしてみろ」とわかりやすい課題を与えられたことで、自身の気持ちが明確になった。そのおかげで、父親や孝弘に関する迷いがすべて吹っ切れたわけではなくても、できないことで罪悪感を抱くのをやめようという考えに至った。

その点ではやはり木島の言葉は意味があったし、久遠に感謝している。

『でもない。多少は引きずるだろうと思っていた』

つまり単純だったというわけだ。

「多少って」

なんだかおかしくなり、和孝は吹き出した。父親の話題で笑うなんて、と少なからず驚きながら。

「久遠さん、今日帰り何時頃になりそう？」

『おそらく八時前には事務所を出られるはずだ』

「わかった。じゃあ、待ってる」

その言葉を最後に電話を終える。

頭上から降り注ぐ真夏の陽光に目を細めつつエンジンをかけ、スクーターを発進させたときには、すでに父親の件は頭のなかから消えていた。

6

ドアを開けて一礼した上総《かずさ》が、まっすぐデスクに歩み寄ってくる。微《かす》かな眉間《みけん》の縦皺《たてじわ》を見て、いい話ではなさそうだと思ったのは正解だった。

「たったいま追加で連絡を受けました。来栖《くるす》の妹ですが、健在ですね。九州に嫁いで、いまは早田《はやた》姓になっています」

思わぬ報告に天井を仰ぐ。これについてなにか意味があるのかどうかも、現時点では判然としない。というより、来栖という男の姿がまるで見えてこないのだ。

目的を果たすための嘘《うそ》やごまかしは理解できる。巷《ちまた》にあふれていると言ってもいい。反して来栖の場合、どこまでが計算なのかそうでないのか判断に困る。

「なんでしょうね。妹が亡くなったと嘘をつくことになんの意味があるんでしょう」

上総が困惑するのも頷《うなず》ける。来栖には無駄が多すぎるのだ。そのせいで、いまだ目的がなんであるかすら把握できなかった。

「なにか理由があるんでしょうか」

「さあな」

ひとつ言えるのは、あの男の言動はすべて疑わしいということだった。

「正しいことをしたい、か」

その言葉すら来栖の考えかどうか訝しい。そもそも「正しさ」など流動的で、個人的なものだ。

「なにが本当だ？」

「鈴屋《すずや》の高校時代のクラスメートだった、くらいですかね」

鈴屋から聞いた話によると当時の記憶にも脚色が入っているようだが、上総の言うとおりその一点については間違いない。明確に裏が取れているのは、それだけだ。

デスクの上の携帯が震えだす。

手に取って確認したところ、たったいま名前を出した鈴屋だった。

『すみません。ちょっと厄介なことになって』

めずらしく鈴屋の声音は硬い。

久遠《くどう》は黙って先の言葉を待った。

『来栖が、裏カジノに取材に行って怪我《けが》をしたらしいんですが、うちの組員にやられたって言ってて、いま名指しされた組員が数人引っ張られました。おそらく俺も、時間の問題だと思います』

これがなにを意味しているのか。

週刊誌に廃業した暴力団の名称を載せたことにより、社会全体の自助努力でなし得たかのような印象を与える記事になっていた。実際、和孝《かずたか》には反社会的組織は解体すべきだと明言したらしい。

それが事実ならやけに漠然とした正義感だ、とそのときも思ったが、つかの間思案した久遠は、ここにきて違和感のもとを察した。

鈴屋か。

初めからすべて鈴屋に繋《つな》がっていたとすれば、どうだろう。都築《つづき》という著名人を矢面に立たせて世間の耳目を集め、あえて富裕層だなんだと騒いで問題を大きくする。核心を曖《あい》昧《まい》にする裏には、本来の目的が明瞭《めいりょう》にあるのだ。ジャーナリズムも社会的公正性も関係ない、じつに個人的な目的が。

過去のペンネームを使ったのは、鈴屋へのメッセージとも考えられる。

『奴《やつ》がなんでこんな真似《まね》をするのか、こっちはなんの心当たりもないんですけど。まあ、この商売、どこで恨みを買っててもおかしくないですから』

「うちが賭場《とば》に乗り込んだ際の動画がある。残念ながら、来栖への暴行が冤罪《えんざい》だという証拠にはならないが」

『助かります』

電話を終えた久遠は、上総にいまの話をする。上総も合点《がてん》がいったとばかりに、眼鏡の蔓《つる》を押し上げた。

「最初から、鈴屋さんだけが気づくだろうメッセージを送っていたわけですか」

「そのメッセージを敏感に察するほど、鈴屋自身は来栖について憶《おぼ》えていなかったようだが。とりあえずあの男は、廃業リストに稲田《いなだ》組を加えたいんだろう」

それが可能だと三島《みしま》が、結城《ゆうき》組が証明した。過去にどれほど力を持っていた組織であっても、少しの事情の変化で警察に解散届を提出するようなご時世だ。

三代目を輩出した稲田組であっても、例外ではない。

「動画は送っておきます。少なくとも賭場を仕切っていたのが稲田組ではないとはっきりするでしょう」

「ああ、頼む」

「他には」

「とりあえず様子見だ」

来栖が稲田組の組員に暴行を受けたと言い張り、仮にそれが認められた場合、使用者責任を問われて確実に鈴屋は逮捕される。問題は、来栖がどこまで計算しているかだ。

それがはっきりするまで、木島《きじま》組にできることはなかった。

「なぜいまなんでしょうね。二十年近くたっているんじゃないですか?」

上総の疑問はもっともだ。

「さあな」

この件について答えられるのも、来栖だけだ。

「きっかけはあったんだろうが」

きっかけがなんであれ、さほど重要ではない。人生につまずいたから、自分がうまくいっていないから、そんな理由で他者を傷つける者はいくらでもいる。

上総もそう思ったのだろう、それ以上言葉を重ねることはなく、部屋を辞した。

ドアが閉まったタイミングで、デスクの上の電話が鳴る。組員から高山《たかやま》の名前を聞いても、少しも意外には思わなかった。むしろ連絡してくるのが遅いくらいだ。

高山は馴染《なじ》みの刑事で、なにかあると頻繁にやってきては無駄話をしていくが——最近は足が遠《とお》退《の》いている。部下の黒木《くろき》が起こした不祥事が関係しているのは間違いない。警察組織として、内部に三島と通じている者がいたという事実をうやむやにすませたいのは自明だった。

「繋いでくれ」

組員に返事をして、数秒後。高山の声が耳に届く。

『忙しい親分さんの貴重な時間を割いてもらって悪いねえ』

相変わらずの物言いには食傷する。これだから、無駄に話が長くなるのだ。

『こっちもいろいろあってすっかり挨拶《あいさつ》が遅れてしまったからな。五代目襲名、おめでとう。いやはや、昔から知っている身としては、感慨深いよ』

長い前置きにつき合う気はない。

「それで、ご用はなんでしょう」

さっさと本題に入ってくれと促す。

『つれないなあ。思い出話のひとつもしたかったのに』

ははは、と笑った高山がようやく稲田組の名を口にした。

『今回はあっちがごたついているみたいだが、頼むからおまえさんはなにもせんでくれよ。おまえさんが出てくると、大事になるんだ』

「釘《くぎ》を刺されるまでもありませんよ」

『ならいいが、裏で画策するのもナシだ』

いったんそこで言葉を切った高山が、もったいぶった口調で先を続けた。

『あの男、来栖だったか。柚木《ゆぎ》さんが病院まで送ってくれたって言っているようじゃないか。彼も厄介な男に好かれて大変だなあ。まあ、そっちに関しては取《と》り沙汰《ざた》する気はないから、安心してくれ』

安心してくれという一言には、思わず笑いそうになる。黒木の件があって以降、同じ過ちを犯したくない警察が単に介入に二の足を踏んでいるだけの話だ。

無言で受け流すと、

『くれぐれも動いてくれるなよ』

最後にまたそう言って、高山は電話を切った。

受話器を置いた久遠は、身体を背凭《せもた》れに預ける。

高山がわざわざ和孝の名前を出したのは、警戒しているからにほかならない。だからこそ、取り沙汰する気はないとわざわざ断ったのだ。

一点のみ高山に賛同する。厄介な人間に好かれるのは、そのとおりだ。果たして和孝のどこがそうさせるのか。

指で眉間《みけん》を揉《も》んだ久遠は、その手を今度は携帯に伸ばし、沢木《さわき》に連絡する。

『はい』

「これから病院だったか」

『そうですが、車ですか？　でしたら、病院は明日にします』

「いや、俺も同行しよう」

沢木は定期的に有坂《ありさか》のもとへ通っている。病院側の都合を考慮して久遠自身は最初の二、三回で行くのをやめ、他の組員にも控えるように伝えている。騒ぎになって病院に面倒をかけるのは本意ではないし、それによって有坂が退院を強いられるはめになれば本末転倒だ。

『きっと有坂さんも喜びます』

「だといいが」

不毛だと承知でそんな会話を交わし、数十分後、沢木とともに本部をあとにする。車中での沢木が普段よりテンションが高かったのも同じ理由からだろう。

「有坂さんが来栖の記事読んだら、きっと怒りまくりですね」

「真っ二つにするだろうな」

「そういえば以前、そんなことありました」

普段は口下手な沢木が声を弾ませる。

三島との死闘のすえ、有坂が昏睡《こんすい》状態に陥ってすでに数ヵ月がたった。週刊誌の記事どころか、当の三島がすでに死んだという事実すら知らないままだ。

役員に取り上げるという口約束で三島側につき、木島組を裏切っていたと有坂本人が明言したが、組員は誰ひとり信じていない。事実は逆で、組のために裏切り者を演じたのだとみな思っている。

実際、そのとおりだろう。

有坂は誰より組のことを考え、組のために生きていた。組を守るためなら、迷わず命を投げ出すような男だ。

だからといってひとりで抱え込むことはないんだ、と久遠は心中で呟《つぶや》く。

有坂が意識を取り戻した際、同じ台詞《せりふ》を投げかけてもけっして認めないだろうとわかっているが。

夏空の下、熱暑に喘《あえ》ぐ街中を足早に行き交う人々を見るともなく見ながら、到着するまでの数十分を過ごす。

病院の駐車場へ着くと、事前に電話で言われたとおり一般の患者を避けて正面玄関ではなく通用口から院内に入り、エレベーターで特別室のある階へ上がった。

名前の書かれていないプレートの部屋へ、沢木とともに入る。

設備の整った特別室も、本人の意識がなければ単なる飾り物だ。前回訪ねたときとなんら変わらない、眠り続けたままの有坂を久遠は見下ろした。

「有坂さん、来ましたよ。今日は親父《おやじ》と一緒です」

沢木がいちいち言葉にするのは、無論有坂の回復を願ってのことだ。そればかりか、掛け布団を捲《めく》ると、両脚のマッサージもする。

久遠も倣い、傍《そば》にある椅子《いす》に腰かけてから有坂の手を取り、擦《さす》った。

「結城組の裏カジノ、潰《つぶ》しましたよ。しょぼすぎて、むしろ潰し甲斐《がい》がなかったくらいで、これでもうあそこは立て直しできないっすね。自称ジャーナリストのほうはまだっすけど、あいつら本当にしつこいっすからね」

ぽつぽつと話しかける沢木の声を耳にしながら、有坂の姿を見る。

ずいぶんやつれ、頬《ほお》はこけているものの、もとの骨格ががっしりしているため案じていたほど弱っては見えない。いますぐに起き上がってきたとしてもおかしくない程度に、現役の頃の姿を保っている。

時折瞼《まぶた》が痙攣《けいれん》するせいで、よけいにそう感じるのだろう。

「目を覚まさないのが不思議なくらいだな」

覚えず漏れた一言に、

「本当にそうです」

沢木が大きく頷いた。

「指先が微かに動いたように見えるときがあるんです。いまにも目を開けそうで、たまに昼寝してるんじゃないかって気がしてきて――」

気まずそうに頭を掻《か》くその姿に、沢木の想《おも》いがこもっている。

「有坂さん」

久遠も沢木に倣い、有坂に声をかけた。まだ木島が健在で、互いに一介の組員でしかなかった頃の呼び方で。

「気の荒い奴らを統率してくれる者がいなくなって、困ってるんですよ」

手を握ったまま弱音を聞かせる。

しょうがねえなあ。俺がなんとかしてやるよ。大きな口を開けて、笑いながらそう言う有坂の声が聞こえるようだった。

短い時間で切り上げ、病室を出て通用口から駐車場へ向かう。車の近くまで来たとき、鈴屋から電話がかかった。

『動画ありがとうございました。さっき警察から呼び出しがかかったんで、弁護士同伴で行ってきます』

「わかった」

そのあとは家宅捜索か。

必要悪だなんだと言って憚《はばか》らず、馴《な》れ合《あ》い関係にあった頃などなかったかのような変わり身の早さには嗤《わら》うしかない。それも時代の流れだといわれれば、そのとおりだろう。

電話を切り、車に乗ろうとした、直後だった。

「待ってください！」

女性の声に動きを止め、そちらへ視線を向ける。慌てた様子で駆けてくる看護師に、頬を強張《こわば》らせた沢木を尻目《しりめ》に、久遠は瞬時によぎった最悪な想像を振り払った。

「なにか、ありましたか」

待ちきれずにこちらから問う。

息を切らして駆け寄ってきた看護師は肩で大きく息をすると、一度きゅっと唇を引き結んだ。

「患者さんが――有坂さんが目を覚まされました」

即答できなかったのは、久遠も沢木も同じだった。

看護師を促し、足早に戻る。本来であれば構わず走りだしたかったが、そうもいかずに看護師に合わせた。

「意識は戻りましたか？」

この問いには、切れ切れの肯定が返る。

「こちらの呼びかけに、わずかですが、反応がありました」

それを聞いて我慢できなくなったのだろう。

「親父……」

微かに潤んだ双眸《そうぼう》を向けてきた沢木を制することなどできず、久遠は頷いた。直後、沢木が駆け出す。あっという間にその背中は通用口の中へ消えていった。

「申し訳ない。ああ見えても、病院内で走るような真似はしないはずです」

許してやってほしいと言外に告げる。

どうやら沢木が頻繁に通ったのが功を奏したらしく、看護師は好意的だった。

「いえ、わかってます。しょっちゅう見舞われてましたから」

看護師は自然な様子で、よかったですね、と続けた。

通用口からふたたび入り、同じルートで特別室へ向かう。病室に入った途端、医師と看護師、少し離れた場所からおろおろと見守っている沢木の姿が目に飛び込んできた。

既視感を覚え、背筋がぶるりと震える。木島の最期の場面が頭をよぎったせいだと気づくのにしばらく時間を要した。

木島の死は上総から聞かされ、受け入れたつもりだった。親の死に際の記憶まで失ったのかと嘆いたところで、どうしようもないことだと。

しかし、そうではなかったと気づかされる。ざっと鳥肌の立った首筋に手をやった久遠は、自分の目で確かめるために足を一歩踏み出した。

有坂は、先刻と同じように仰向けに横たわっていて、その瞼は閉じられていた。

「有坂さん。有坂さん」

有坂の名を看護師が何度も呼ぶ。すると、微かに眼球が動くのがわかった。

「補佐！　有坂さん！」

我慢できなくなった沢木が割って入る。今度はさっきよりも大きく左右に動き、その後、ゆっくり瞼が持ち上がった。

「有坂さんっ」

沢木の呼びかけに返事はない。それでも、半開きになった瞼の下で、声のする場所を探そうとして黒目が彷徨《さまよ》う。

「俺っす。有坂さん。沢木っす」

有坂の傍に寄った沢木の頬は濡《ぬ》れていた。子どもみたいな泣き顔を前に、久遠は知《し》らず識《し》らず握りしめていたこぶしを解いた。

木島の最期とはちがう。

有坂は目を開けているし、沢木は泣いているが、その口許《くちもと》は綻《ほころ》んでいる。もとより医師や看護師の表情も、だ。

「有坂」

大きく息をついたあと、名前を呼んだ。

返事こそなかったものの有坂の口から微かなうめき声が漏れたのがはっきり聞こえ、安《あん》堵《ど》した久遠は、深く、何度も頷いた。

通常より死が身近にある世界で、こういう経験は初めてだ。何人もの仲間を見送ってきたからこそ、目の前の光景がいかに稀有《けう》であるかがわかる。

沢木を残して静かに病室を出た久遠は、エレベーターの前に設置してある談話スペースに移動すると、上総に電話をかけた。

『はい』

上総の声音に緊張が滲《にじ》んでいるのは当然だ。有坂を見舞った直後の連絡となれば、なにかあったのかと誰でも疑うだろう。

自分たちの場合は、たいがい凶報を予感する。これまで何度もそういう場面に立ち会ってきたせいだ。

「有坂が目を覚ました」

それゆえ、上総が黙り込んだのは致し方のないことだった。

『……すみません。もう一度、お願いします』

十数秒たってようやく耳に届いた返答にしても、戸惑いのほうが前面に出ていた。

「有坂が目を覚まして、呼びかけに反応した」

『有坂さんが……よかった。本当によかった』

心からの言葉だ。誰もがこの瞬間を待っていた。

「ああ」

久遠にしても、いま頃になって実感が湧《わ》く。

「みなにも伝えてくれ」

『ええ。すぐに』

有坂の強さを信じていたとはいえ、それが現実になってみると、どこかであきらめていたのだと気づかされる。その覚悟が無駄になってよかった、と心から思わずにはいられなかった。

もとより大変なのはこれからだ。それでも、いまは素直に喜びに浸るべきだろう。

上総との電話を終えた久遠は、しばらくその場に留《とど》まる。窓の外へ目をやり、陽が落ち始めた街を眺めながら、大の大人たちが人目も憚らずに嬉《うれ》し泣きをする様を思い浮かべて、しばらく昂揚感《こうようかん》を味わっていた。

数日後、久遠は要望に応《こた》える形で、ふたたび同じ会議室で来栖と対面した。気が変わったのは鈴屋の件ももちろんあるが、有坂が目覚めたことが大きかった。

組が喜びに活気づいているなか、水を差すような不穏の種は早々に取り除いてしまいたかったのだ。

「また受けてもらえるなんて思ってませんでした」

怪我をしているにもかかわらず敵地に乗り込んできた来栖は、一度目と同じで緊張している様子はない。

「受けざるを得なかったって感じですか？　木島組は、稲田組とは近しい関係にあるって聞いてます」

多弁で、己の言動に疑問を持っておらず、まるで取《と》り憑《つ》かれているようだ。実際、来栖は過去に取り憑かれている。

よほど現状が不満なのか、あるいは使命だとでも思っているのか。

「そういえば、組事務所と鈴屋の自宅に家宅捜索が入ったんですよね。まあ、なにも出ないってことはないでしょうね。やくざなんだし」

ドアの傍に立つ沢木は、こめかみに青筋を立てている。手短にすませたほうがよさそうだ。沢木の我慢にも限界があるだろう。

「思惑が外れてすまないが、なにも出ないし、鈴屋は早晩釈放される。警察も暇じゃない。提出した動画で賭場の主催が結城組だとわかれば、そっちに捜査の舵《かじ》を切る」

稲田組の家宅捜索は空振りに終わる。押収されて困るものを事務所や自宅に置くほど不用心ではないので、とりあえずその場では適当に取り上げられても、なにも出なければ書類その他はどうせ返却される。

となれば、舵を切らざるを得ないというのが本当のところだ。

気に入らないのか、来栖が憮然《ぶぜん》とした表情になる。

「そうですか。まあ、じゃあ、さっそく取材に入らせてもらいます」

先へ進もうとした来栖を、久遠はデスクを指で叩《たた》いて制した。

「まだこっちの話が終わっていない。その前にいくつかはっきりさせたいことがある。高校教師を辞めたのは、クラス崩壊の鬱《うつ》からしいが、生徒に暴行されたんだって？　まさか鈴屋に固執したのは、現実に失望して、人生をやり直したかったから、と言うつもりじゃないだろうな」

グ、と来栖の喉《のど》が鳴る。

それでも久遠の言い分は的外れとばかりに、すぐに嗤笑《ししょう》を浮かべてみせた。

「確かに、学校を辞めたのはクラス崩壊がきっかけです。大事にしないよう、一身上の都合ってことになってますけど、怪我で入院もしました。昨今流行《はや》りのイジメ？　あれって生徒同士に限らないんですよ。ただ、高校の頃からやり直したいなんて思ってません。そんなのできたら、誰も苦労しませんよ。っていうか、こんな話、どうでもよくないですか？」

来栖はしきりに脚を揺すり始める。言葉とは裏腹で、とてもどうでもいい話をしているとは思えない。

「妹が死んだと言ったことも、どうでもいいか」

「妹は関係ないですからね」

妹を守るため、にはとても聞こえない。本気で関係ないと思っているようだ。つまり自分の描いた図式に妹の登場など不要だというわけだ。

虚言癖でもあるのかと思っていたが、そうではなかった。来栖のなかでは、すべてが理にかなっているのだ。

「あと、勘違いされてるみたいなんで断っておきますが、俺、綾瀬《あやせ》になにか恨みがあるわけじゃないですよ。どちらかといえば逆。両親の離婚で落ち込んでいるとき、慰められましたから。今回のことは、裏カジノの件を調べていたら偶然、旧友が関係者だって知って、残念に思ったってところですかね」

「偶然、か」

滑稽《こっけい》な言い分に、思わず笑ってしまう。

「なんですか？　なにかおかしいですか？」

「ずいぶん都合がいい話だと思っただけだ」

「都合がいい？」

本気で気づいていないようで、来栖が眉《まゆ》をひそめる。

「偶然どころか、周到だ。夏目《なつめ》湊《みなと》という名前で南川《みなみかわ》に近づき、同業者を名乗った。南川は単純な男だから、簡単だったろう？　で、次は編集長か？　記事を載せてもらうのに、脅したか。確か教師を辞めて三年だったな。ここまで算段するのに、どれくらいかかった？」

「…………」

ピクピクと来栖の頬が引《ひ》き攣《つ》る。どうあっても、本命は裏カジノの客たちで、鈴屋は二の次にしたいらしい。

「鈴屋に――当時は綾瀬か。綾瀬に両親の離婚の相談をした頃が忘れられないか？　離婚後、父親が荒れて苦労したらしいな。鈴屋がやくざになったと知って、綺麗《きれい》な思い出が穢《けが》されたような気にでもなったって？」

は、と来栖が息巻く。

「やくざになった？　なるしかなかったんじゃないのかっ」

その後、吼《ほ》えるように吐き捨てた。ようやく本音が出たようだ。

「やくざになった頃はよかったのかもしれない。けど、数年でこの有り様じゃないか。暴力団は次々に廃業に追い込まれ、衰退する一方だ。このままじゃ先は見えてる。それがわかっているのに、なぜ留まる必要がある。叔父がやくざだったってだけで、綾瀬は……綾瀬の人生は台無しだ。いますぐ解散したほうが、綾瀬のためなんだ。綾瀬だって、きっとあとになったらわかってくれる」

綾瀬のため、来栖にとってはこれがすべての免罪符だ。本気で信じて、微塵《みじん》も疑っていない。

「不運な自分と重ねでもしたか」

「そんなの――」

そこで口を閉じたのは、思い当たる節があるからだろう。自覚がなかったのか、戸惑っているように見える。

それも短い間だ。

「だったら、彼はどうですかね。あなたがやくざにしがみついて、落ちぶれていくのを目の当たりにしても、柚木さんは変わらず傍にいると思います？」

まったく、と久遠は心中でこぼした。

こういうところで名前を出されることに本人も辟易《へきえき》しているはずだ。

来栖の質問に関しては、返答するまでもなかった。

「親父」

ノックの音とともに組員が顔を覗《のぞ》かせる。頷き、時間どおりにやってきた客を会議室に通した。

「……綾瀬」

よほど驚いたのか、来栖が目を大きく見開く。

「すみません。ご面倒おかけして」

鈴屋はこちらに向かって深々とこうべを垂れると、沢木が勧めた椅子に腰かけた。

「どうしてここに……あなたが呼んだんですか」

来栖の声音に非難の色が滲む。先日鈴屋と会ったと聞いているが、どうやら不意打ちは苦手らしい。

「あ……綾瀬も綾瀬だ。連絡してくれたら、こんなところじゃなくて、ちゃんと別の場所で会ったのに」

来栖はへらへらと無理やり笑みを張りつけ、話しかける。

一方で、今日の鈴屋に、普段叔父から再三注意されている学生さながらの軽さはない。まがうことなき、極道の顔を見せている。

「いい度胸してるじゃないか」

鈴屋が来栖を見据えた。

「そう言いたいところだが、本当にくだらねえ奴だよな。五代目に迷惑かけて、なにがしたいんだ？　俺が、勘弁してくれと泣きつくとでも思ったか。それともあれか。いまからでも遅くないから、人生をやり直せって？」

どうやらどちらも的を射ていたようで、来栖の作り笑顔が引き攣る。

こちらが来栖の本来の性分だろう、先刻までの横柄な態度は消え失《う》せ、途端に落ち着きのない態度を見せ始めた。

「……だから、場所を変えよう。説明させてくれ」

「説明はいらない」

鈴屋は一蹴《いっしゅう》すると、容赦のない言葉を並べていく。

「俺がやくざになろうが、落ちぶれようが、おまえになんの関係がある。そもそも高校の頃ですら接点がなかったくらいだ。慰められた？　知らねえよ。おまえのやってることはオナニーだ。自己満足で、気持ちいいんだろ？　そりゃあ、やめたくないよな。けど俺はおまえのオナニー手伝う気はさらさらないし、何度も言うが、不愉快だ」

鈴屋の糾弾に、来栖ががちがちと奥歯を鳴らす。

「こうなったのは親のせいか？　ったく、くだらねえ奴だな。妹さんもさぞ悲しんでいるだろうよ」

どうやらこの一言は駄目押しになったらしい。いまや来栖は顔面蒼白《そうはく》で、身体《からだ》じゅうが小刻みに震えている。

もっとも、歓迎されると思っていたのであれば、おめでたいと言うしかない。

「……俺に、消えろと言ってるのか」

極端な問いかけをした来栖に、鈴屋が不穏に目を眇《すが》めた。

「俺とは関係のないところで生きていけよ」

最後通牒《つうちょう》も同然の一言をどう受け取ったのか、来栖が天井を仰ぐ。かと思うと、長い息を吐き出した。

「なんだ、それ」

来栖の掠《かす》れ声は、会議室に響き渡った携帯の着信音に掻き消された。

「すみません」

もともとその予定だったのか、目礼したあと鈴屋は上着のポケットから携帯を取り出す。

最初こそ普通に会話をしていたが、数十秒後、表情が一変した。

携帯越しに、微かな男の悲鳴も漏れ聞こえ、尋常ではないなにかが起こったのだと察するには十分だった。実際、鈴屋の頬はいつになく強張っていた。

「警察を呼ぶよう大家に言って、おまえはすぐにその場を離れろ。いや、大家が取り乱しても、騒ぎを聞きつけた近所の誰かが通報するはずだ」

いくつか指示を出すと、緊張感を漂わせたまま電話を切る。

口を挟まず成り行きを窺《うかが》っていた久遠の前で鈴屋が口にしたのは、あまりにも衝撃的な一言だった。

「冷凍庫に入っていたのは、父親か？」

まさかの展開に、久遠は鈴屋、そして来栖へ目をやる。

「……は？」

それまで黙って仁王立ちしていた沢木など、理解の範疇《はんちゅう》を超えたらしくあからさまに狼狽《うろた》えた。

来栖から返事はない。ただ鈴屋を見つめて、たっぷり一分は無言を貫く。

「なんとか言えよ」

痺《しび》れを切らした鈴屋に嚙《か》みつかれて、ようやくその口を開いた。

「父親、だったものかな」

この期《ご》に及んでまだ三文芝居でもしようというのか、来栖は他人事《ひとごと》のような反応をする。さらには、

「おまえがやったのか？」

鈴屋の直截《ちょくせつ》な問いに、いつもの多弁さを発揮し始めた。

「人殺しなんてするわけないだろ。俺はただ、見てただけ。もともと心臓が悪かったのに、深酒が祟《たた》ったんだよ。自業自得。かなり苦しんだから、ひどい死に顔だったな」

来栖の話が事実であれば、確実に保護責任者遺棄致死罪に問われ、さらに死体遺棄罪もついてくる。立派な犯罪行為だ。

「三日前から電気を止められたから、悪臭がすごいんだよな。ご近所さんに迷惑をかけてしまった。それより、鈴屋は組員を俺の家にやって、なにを探してたんだ？　冷凍庫に死体があるって、想像もしてなかったんだろ？　部下の彼、えらく慌ててる様子だったもんな」

違法薬物でも見つかってくれれば、くらいの感覚で鈴屋自身はたいして期待していなかったはずだ。なにも出なければ、あるいはそれを部屋に残そうとしたのかもしれない。大家を同行させたのは、第一発見者にするためだろう。

来栖は「部下」と言ったが、抜け目のない鈴屋のことだ、使ったのはおそらく外部の人間にちがいない。

「もう一ヵ月以上前になるかな。俺が学校を辞めてしばらくしてからのこのこ現れて、居座って出ていってくれなくてさ。酒飲むか寝てるかで、本当に邪魔だった。だから酒瓶と一緒に冷凍庫に入れてやったんだ。まったく、こっちは取材をしなきゃならないっていうのに冷凍庫を買いに行かなきゃならなくて、とんだ手間をかけさせられた」

いつもどおりの態度、口調に反して、きつく握りしめた来栖の両手が小刻みに震えているのは、まだ正気の部分が残っているからか。

躊躇《ちゅうちょ》なく組事務所や賭場に乗り込んでいった理由にも合点がいく。追いつめられた人間に怖いものなどない。

「自棄《やけ》で絡まれても困るんだよ。もういい。話すことはない。逃げるなり、出頭するなり好きにしてくれ」

目の前にうるさい蠅《はえ》でもいるかのように、鈴屋が右手を払う。

納得がいかないとばかりに来栖は食い下がった。

「組を解散することが無理なら、きみだけでも抜けられないかな。俺にできることならなんでも協力する。泥船にいつまでも乗っていたってしょうがないだろ」

泥船とは言ってくれる。だが、来栖を相手にしてもしようがない。舌打ちをした鈴屋は椅子から腰を上げると、

「すみません」

二度目の謝罪をしてから、ドアの外で待機している配下を呼び入れた。

「迷惑かけました。そのへんに捨てるんで」

稲田組の組員が強引に来栖を連れ出しにかかる。来栖は抗《あらが》うが、体格も場数もちがう組

員に敵《かな》うはずもなく、腕を後ろ手に捻《ひね》られて膝《ひざ》をついた。

それでも、口を閉じる気はないようだ。

「あんたが元凶なんだろっ」

今度は矛先をこちらへ向け、がなり立てる。

「あんたが消えれば、綾瀬もきっと目が覚める。柚木さんもだ。彼も、あんたさえいなくなれば振り回されずに、普通の生活が送れるんだ！　わかってるんだろっ。自分のせいだって。あんたのせいで綾瀬も、柚木さんも――」

鈴屋のあとに続き、来栖も引きずられて会議室を出ていく。

「でも、綾瀬はもう俺のこと忘れないだろ？」

去り際に来栖が発した一言には、呆れるしかなかった。

ようやく静かになると、

「好き勝手言いやがって」

忌々しげに沢木が吐き捨てた。

「あいつ、捨て鉢になってたんすね。どうりでやくざ相手に怯《ひる》まないわけです」

「そうだな」

実際どちらが先だったか、知るのは来栖のみだ。鈴屋の件か、父親の死か。来栖のなかでは、鈴屋に感謝される未来が見えていたのかもしれない。どの道、茶番につき合わされた感はあるが、有坂が目を覚ます一因になったと思えば悪いことばかりではなかった。

会議室を出たあとは、沢木と別れてエレベーターで上階へ向かう。部屋に戻ってデスクについた久遠は、煙草《たばこ》を吸う傍ら、来栖の指摘を脳内で一度くり返した。

——柚木さんもだ。彼も、あんたさえいなくなれば振り回されずに、普通の生活が送れるんだ！

和孝を見誤っているから言えることだ。

一見人当たりがよく、落ち着いているため、来栖の目には容姿に恵まれた多少気の強い青年に映ったのだろう。

和孝の本質はそうではない。

仮に久遠がひとりで消えれば、黙っていなくなるなんてと怒りに燃え、何年かかろうと、どんな手を使ってでも捜し出そうとするのは容易に想像がつく。そのためなら普通の生活など喜んで手放す、そういう男だ。

自棄になるような人間とは比べるべくもない。

く、と喉で笑った久遠は、ゆっくりと煙草を愉《たの》しむ。

いずれにしても Wednesday の次号は誌面から木島組や裏カジノの文字が消え、代わりに来栖の名前が書き立てられるだろう。現在のみならず高校教師の頃、学生時代に至るまで丸裸にされ、皮肉にも来栖は一躍著名人に名を連ねるはめになるのだ。

そこにプライバシーなんてない。扇情的な見出しやSNSの盛り上がりがいまから目に浮かぶようだった。

自身に降りかかってきても、来栖は誤りを正せるなら本望だと思えるだろうか。

いや、もはやどうでもいい。木島組にとっては有坂が目覚めた、それこそが重要で、今回の件は多くの厄介事のなかのひとつにすぎなかった。

プカリと煙草の煙を吐き出す。

納得のいく結末に、つかの間頭のなかを空っぽにして一服していた久遠は、時刻を確認してからデスクの上の携帯に手を伸ばした。

気にかけているであろう和孝にことの次第を伝えるため、そして「お疲れ様」という、いつもの労《ねぎら》いの言葉を聞くために。

「あとをよろしくお願いします」

閉店後まもなく、宮原《みやはら》に追い立てられるように月の雫《しずく》をあとにした和孝は、近くのパーキングまで歩く。深夜であっても、冷房の効いた店内から一歩出た途端、真夏日の暑さを痛感させられ、たかだか五分程度の距離だというのに、じわりと額に汗が滲んだ。

それでも、ほどよい疲労感のなかの帰路は心地いい。

今日も無事終わった、明日も頑張ろうという気にさせられる。

パーキングに着き、スクーターに歩み寄ろうとしたとき、近くに駐まっていた車のヘッドライトがチカチカと二度光った。

なんだ？　首を傾《かし》げた和孝は、直後降りたひとの姿を見て、そちらに駆け寄る。

「なに？　どうかした？」

顔は見なくても、立ち姿で間違えようがない。ルカやディディエ、身近なところでは津《つ》守《もり》も長身だが、まるでちがうのだ。

「たまにはいいだろう」

乗るように視線で促され、後部座席に乗り込む。すぐに走りだした車中で、沢木の様子を窺ってから、まずは確認した。

「まさかとは思うけど、またなにかあった？」

あるいは、なにかありそうなのか。

「なにもない」

久遠が苦笑する。

「ならいいけど。事前に知っておくのとそうじゃないのとでは、心構えがさ」

「心構えの問題か？」

「結構そこは大きいから」

そう返したあとで、ふと、来栖の件を思い出す。

彼が最終的に無謀な行為をくり返していたのは、おそらく時間が限られていたからだ。自由に動ける間にやるべきことをやりたかったのだろう。

その相手がなぜ二十年近く接点のなかった鈴屋だったのかについては、いまもよくわからない。当時もほとんど交流はなかったというので、なおさらだ。

来栖本人のなかではそうするだけの理由があったのだとしても。

「死後、一ヵ月くらいたってたんだよな。なんで来栖さんは……」

長い確執のせいだと想像できる半面、どういう経緯で父親を死に至らしめる結果になったのか理解するのは難しい。和孝自身、父親とは不仲だが、死を望んだことは一度もないと断言できる。

「考える必要はない」

「まあ、他人が考えてもしょうがないしな」

和孝にできるのは、自分の人生の面倒をみることだけだ。

父親に言ったように、絶対に後悔しないとは言えない。もしかしたらこの先、あのときこうすればよかった、もっと周りのひとたちの気持ちを考えるべきだった、と悔やむ日が来るかもしれない。

いや、きっと来るだろう。

それでも、自分はやはりこの道を選ぶ。どんなに悔やんで、苦しむはめになっても久遠とともにいる人生以外は考えられなかった。

「少し歩くか」

「え、あ、うん」

久遠が誘ってくるのはめずらしい。まもなく路肩に停《と》まった車から降り、マンションまで十分あまりの距離をふたりで歩いた。

深夜のせいか、街路樹の立ち並ぶ歩道に人影はない。行き交う車もまばらで、微かに耳に届く喧噪《けんそう》の他は邪魔されることなく夜の散策を愉しむ。

「久遠さん、スーツ暑くない？　上着脱いじゃいなよ」

こういうことができるのも他人の目がないからだ。

「そうだな」

久遠が上着を脱ぐのを待って、ついでとばかりにネクタイを引っ張り、緩めた。組員がこの場にいたなら目を剝《む》くだろうが、いまはふたりきりなので好きに振る舞う。

ついでにひょいと縁石の上にのると、子どもかと久遠が笑った。

「いいじゃん」

浮かれているのだ。

縁石に上がったり下りたりしながら先を歩いていた和孝は、夜空を仰ぎ、指差した。

「ほら見て」

空高く、白い半月が浮かんでいる。淡い光を放つ月を見ると、どんなときであっても心が凪《な》ぐ。

「今日も綺麗だ」

久遠と一緒に夜空を眺めるのは何度目だろう。晴れていても曇っていても、たとえ雨が降っていようともふたりきりの夜はいつも特別だ。などと考えながら、和孝はしばし立ち止まって空を眺める。

「この前も言ったな」

「なに？」

「月が綺麗だ、と」

コンビニからの帰り、公園に寄ったときの話だ。

「あー……もう、癖だからね」

「愛の告白かと思ったが」

「え」

一瞬たじろいだ和孝は、久遠の言わんとしていることに気づき、頬を熱くする。無自覚だったとはいえ先日もいまも、そう受け止められてもおかしくない。

「だったら、久遠さんの返答は決まってる。『死んでもいいわ』」

冗談めかしてそう返した。

あえて訂正しなかったのは、そのとおりだからだ。おそらく自分は、日々月を見上げては愛を告げている。

あなたが好き。あなたに傍にいてほしい。

「まだ死ぬのは困る」

「俺も困るよ。久遠さんの場合、洒落《しゃれ》にならないんだし」

縁起の悪い言葉を避け、呑《の》み込むより、冗談にしたほうが健全だろう。そういう意味では、鈴屋の言ったように多少は余裕が出てきたのかもしれない。

空へ向けていた視線を久遠へ移した。

「久遠さんの望みはなに？」

他者から見れば、久遠ほど多くを叶《かな》えてきた者はいない。本人の資質のみならず多大な努力もあったとはいえ、とんとん拍子に勝ち上がっていったボスの存在は、周りの者にとってどれほどの支えになるか。

木島組の強さは、組員たちが久遠というトップを信じているからこそ成り立っている。

一方で、久遠はほとんど未来を語らない。若い頃を除けば、久遠が叶えてきたのは先代、そして組員の願いだ。

「おまえは？」

「俺？」

平穏な生活、とさっきまでなら答えたはずだ。けれど、いま頭上には美しく輝く月がある。

「死がふたりを分かつまで、かな。とりあえず久遠さんの最期は俺が看取《みと》る予定だから、せいぜい長生きしてよ」

もしくは反対でもいい。歳《とし》を重ね、皺の増えた久遠に手を握られて迎える最期なんて、想像しただけで心が弾む。

「死がふたりを分かつまで、か」

月下にふさわしい告白のつもりだった。が、静かな声でくり返されると、急に羞恥心《しゅうちしん》に駆られた。

たとえ本心であっても、照れくさい。

「そういうことなんで、憶えてて」

縁石から下り、ふたたび歩きだす。数歩進んだところで、

「和孝」

ふいに名前を呼ばれて久遠を振り返った。

久遠の双眸は、まっすぐ自分へ向けられていた。

「おまえに傍にいてほしい。俺の望みはそれだけだ」

「――――」

そんなの当然。とっくに叶ってる。なんなら、俺が先に死んだとしても、よそ見をしたら化けて出るから。

頭に浮かんだ返答は、口にする前に一瞬にして消え去った。

――おまえのよく変わる表情を見るのが好きだ。

以前、久遠から告げられた言葉が頭のなかを占めたせいだ。

――おまえのいない人生は考えられない。

久遠の記憶にはなくとも、自分ははっきりと憶えている。あのときの久遠の表情、まなざし、声音。

自分がどう感じ、どんなふうに心が震えたか。

だが、いまはあの日のやり直しでも、くり返しでもない。その証拠に、同じ意味の言葉であっても、当時とはちがう。あのときの久遠は穏やかで、静かだったが、いまは声音にもまなざしにも、どこか強い意志が伝わってくる。

「ずっと……傍にいるに決まってる」

肩を並べて歩んでいく未来を明瞭に思い描くことができる。ひとえにそれは、追いつくために早歩きをしてきた自分と、少し速度を落として合わせてくれた久遠の、互いの努力

の結果だった。

「愛しているよ」

「――――」

一瞬、時間が止まったような錯覚に陥った。

「心から」

実際、呼吸すら忘れて久遠を見つめる。頭のなかは真っ白で、一言も発することができない。

問うたのは自分だし、最期まで一緒にいると答えもしたが、こんな返答を誰が想像できるというのだ。

多くの欺瞞《ぎまん》にさらされてきた久遠にとって、言葉の優先度は低い。過去には、言葉を信じていないと言い切ったこともあった。

それでいいと思っていた。

けれど、この胸の震えは正直だ。

「なんて顔をしているんだ」

歩み寄ってきた久遠の手が、黙って立ち尽くすばかりの和孝の頰に添えられる。言葉のみならず、視線や手のひらからも久遠の情がはっきりと伝わってきて、それは身体じゅうに広がっていった。

気の利いた返事なんてできるわけがない。きっと久遠には、こうなることがわかっていただろう。その証拠に、背中に回った腕に力がこもる。

微かなマルボロの匂《にお》いに包まれ、体内を駆け巡る熱に浮かされて、それ以降はどうやってマンションまで歩いて帰ったのかもあやふやなほどだ。ただふわふわして、足元がおぼつかなかった。

きっと正気を失っていたのだ。

「久遠、さん……っ」

玄関に一歩入った途端昂《たか》ぶった身体を押しつけ、口づけをねだる。嚙みつくような勢いで激しいキスを交わしながら、互いの服を脱がし合った。

多少乱暴になるのは仕方がない。息を荒くしながら久遠のスラックスの前を開き、下着の中へ手を入れて芯《しん》をもった性器をさらに育てる。

その間に久遠は足を使って和孝のパンツを足首まで下ろすと、唾液《だえき》で濡らした指を狭間《はざま》に滑らせてきた。

「あ……」

入り口を開かれる。そのまま浅い場所へもぐりこんできた指は、どこをどうすればいいか熟知していて、道を作ると同時に確実に快感を煽《あお》ってくる。

「あ、あ、い……」

肌がざっと粟立《あわだ》ち、達しそうになった和孝はいっそう久遠に密着して、もういいからと先に進むよう促した。

望みはすぐに叶えられる。久遠にしても急《せ》いているのか、壁に押しつけてくるや否や、入り口に先端を押し当てる。唾液と久遠の滲ませた蜜《みつ》ではローションの代わりにはならないが、一瞬も待ちたくなかった。

「早く……ぅあ」

熱い楔《くさび》が入り口を割り、強引にもぐり込んでくる。

圧迫感は凄《すさ》まじいのに、それを上回る愉悦が脳天まで駆け上がった。苦痛ですら快感に繋がり、和孝は濡れた声を上げる。

「きついか？」

熱く上擦った声で問われ、肩越しに振り返ってかぶりを振った。

「奥まで、挿《はい》ってほし……」

「言われなくてもそうする」

手のひらに吐いた唾液を自身に塗りつけた久遠が、和孝の脚を持ち上げ、腰を進めてきた。

「あ、ぅ……」

衝撃が背骨を伝わり、脳天まで痺れる。

どこもかしこも敏感になって、悦《よろこ》びで満ちる。

馴染むまで待てなかったのは、和孝のほうだった。

「久遠、さ」

腰をくねらせ、誘う。

久遠も最初から速いピッチで動き始めた。

体内を激しく擦《こす》り立ててくる、熱い楔。

突き上げられるたびに床についている足が浮き、爪先立《つまさきだ》ちになる。腰を鷲摑《わしづか》みにしてきた久遠に激しく揺さぶられ、和孝にできることはもうなかった。

快感に喘ぐ以外は。

ダイレクトに伝わってくる久遠の脈打つ熱が、言葉では言い表せないほどの愉悦に繋がり、身体の芯から蕩《とろ》かされる。

「ふ、ぁ、すご……いい」

「ああ、よすぎて、ここから溶けそうだ」

「う、あ……あぅ」

壁と久遠に挟まれた不自由な体勢で、ひたすら声を上げる。奥を突き上げられるたびに性器から快感の証《あかし》をあふれさせ、思うさま乱れた。

久遠の指が尖《とが》った乳首を掠めた瞬間、仰《の》け反《ぞ》り、極みの声を上げた。これまで以上に深い場所を突き上げてきた久遠はすぐに身を退《ひ》くと、狭間に擦りつけながら吐き出す。

久遠の熱を感じて、陶然となった。

「和孝」

体勢を変え、乱れた呼吸を奪い合うようにキスをする。舌を絡ませたまま久遠に抱え上げられて寝室に移動したあと、ベッドですぐに再開した。

中途半端に纏《まと》っていた衣服を脱ぎ、全裸で抱き合う。滴るほどのローションで互いを濡らした久遠は、すぐにまた挿ってきた。

脚を大きく開き、正常位で繋がる。奥深くまで満たされ、衝動的に自分の腹へ両手をやった。

「すごい、いっぱい」

ふっと久遠が目を細める。いつのときも情を感じさせる表情には胸が熱くなった。自分が気づこうとしなかっただけで、久遠のまなざしはずっとそうだった。

あたたかく、熱く、これほどまでに情にあふれている。

「いっぱいが好きだろう?」

「ん……」

腹に置いていた手を、久遠が取った。導かれるまま、繋がっている部分へ触れる。まるで初めからそうなるのが自然なほど馴染んでいるように感じられた。

「挿、ってる」

熱く脈打っているのが自分なのか久遠なのかも判然としない。混じり合って、溶けて、ひとつになっていた。

「そうだな」

「……奥まで」

「ああ」

今度はゆっくり始まって、次第に激しくなる。途中まではそこに手を添えていた和孝だったが、内側を掻き回され、大きな手で性器を擦られてはひとたまりもなかった。

「あ、あ、久遠さ……」

一度目以上に激しい快楽を味わう。

荒い呼吸と喘ぎ声に混じって、繋がった場所から濡れた音が響き、それにも煽られる。口づけを続ける傍ら肌をまさぐられ、頭のてっぺんから爪先まで蕩けるような愉悦に支配された。

視界には靄《もや》がかかり、なにも考えられない。

汗の浮いた久遠の背中にしがみつくだけだ。

二度目の終わりもあっという間だった。身体じゅうどろどろになるまで蕩かされ、意識が遠退くほどの絶頂に我を忘れた。

体内が自然に久遠を締めつける。

強引に二、三度揺さぶってきた久遠が、奥深くで達したときには目眩《めまい》を覚えたほどだった。

久遠の熱い脈動を感じて、吐息がこぼれる。身も心も満たされていく感覚は、言葉では表現し尽くせない。

「どこもかしこもあふれてるな」

指で頬を拭《ぬぐ》われ、涙がこぼれていることに気づく。快感の涙というには多すぎて、和孝は慌てて手で擦った。

「なんだよ、これ」

自分でもわけがわからない。かといって止めるのは難しい。ばかみたいだと思うのに、またじわりとあふれてくるのだ。

「泣くほど気持ちいいってことにしといてよ」

顔を見られたくなくて、久遠の肩に額をくっつけた。

いつどんなときでも優しい手に髪を梳《す》かれてはますます止めようがない。

「そういうことにしておこう」

髪に口づけてきた久遠が、身を退いた。ずるりと体内から抜けていく感触に身を震わせると、まだ熱の引かない声が耳朶《じだ》に触れてきた。

自分の名前を呼ぶ久遠の声に、うっとりとする。霞《かすみ》がかかったように曖昧になった思考で、あらためて和孝はひとつの思いを強くしていた。

もしあのとき久遠に拾われなかったなら、自分の人生はひどく味気ない、漫然としたものになっていただろう、と。

身につけた鎧《よろい》をいつまでも捨てられず、おそらく年齢を重ねれば重ねるほど意固地になっていたはずだ。七年のブランクすら必要だったのだといまならわかる。

――一緒に来るか。

ふいに耳許《みみもと》で声が聞こえたような気がして、和孝は胸をときめかせた。

言葉が足りないぶん、常に態度で示してくれた。ときに反発もしたし、軽くあしらわれているのではと疑心暗鬼になりもしたが、そうではなかった。

おそらく最初から無自覚のうちに久遠を信じていたのだ。だからこそ、再会した直後、嶋田《しまだ》に拉致《らち》同然に連れ去られ、薬を盛られたときもきっと久遠がなんとかしてくれると確信があった。

これは夢だろうかと思いつつ、つかの間の甘い追想に浸る。

田丸《たまる》によって中華街に軟禁状態にされた際も、無駄に恐怖心を募らせずにすんだのは、久遠の存在が大きかった。必ず俺が助けだしてやるという一言があったから、自分はただ待っていればよかった。

ひとりではドラッグの後遺症から脱するのは難しかっただろう。回復するまでの数日間、久遠がずっとつきっきりで傍にいて、受け止めてくれたから立ち直ることができた。

ああ、そういえば。

組が襲撃されて久遠が被弾し、別荘で療養したときは自分が付き添った。同じ空間で過ごしてもすでにもう息苦しさはなく、ふたりきりで閉じこもった日々は、当時の自分にとって間違いなく蜜月《みつげつ》も同然だった。

いまは、その蜜月がずっと続いているような感覚だ。

無論その後も波瀾《はらん》はあったし、三島との攻防ではすべてを失いかねないほど窮地に立たされたというのに、久遠の傍にいることへの迷いは微塵もなかった。

事故による記憶障害で忘れられた事実にしても、ショックは受けたが、乗り越えてきた他の数々の出来事と同じだ、と思えた。

この先もきっとそこだけは変わらない。たとえなにが起こっても、仮に木島組がなくなったとしても、久遠が無事であればいい。

身勝手なのは重々承知しているが、この数年ともに生きてきた和孝自身の本心だった。欲しているのは、久遠彰允《あきまさ》という生身の男なのだ。

「和孝」

名前を呼ばれ、いつの間にか閉じていた瞼を開く。額に口づけられて、和孝は目の前の端整な顔をうっとりと見つめた。

「俺、どれくらい飛んでた？」

「二、三十秒だ」

「……二、三十秒」

長い夢のように感じていたのに、ほんの一瞬だったらしい。

もっともこの先に比べれば、そんなものなのかもしれない。まだ昔を懐かしむには早すぎるし、再会してからの数年よりも先のほうがずっと長い。

「水を飲むか？」

さらりと髪を撫《な》でてきた久遠が、身を起こそうとする。

「いい」

力の入らなくなった手で、久遠の腕を摑《つか》んだ。

それだけで事足りたようだ。ふたたび抱き合うと、汗ばんだままの肌を合わせた。

「あれ、もう一回、言ってほしい」

唇が触れるほどの距離で見つめ合い、久遠にねだる。額、鼻、頰と形を確かめるかのように指先で触れてきたあと、久遠はすぐに望みを叶えてくれた。

さっきよりやわらかな、囁《ささや》くような声で。

「……うん。俺も」

吐息をこぼした和孝は、身体じゅうに甘い痺れが満ちていくのを実感する。身も心も捧《ささ》げてきた男だけが与えてくれる、特別な心地だ。

久遠の背中に両手を回し、馴染んだ身体を受け入れると、新たな涙があふれるのをどうしても止められなかった。

ベッドに寝転んだ格好で、ひとつずつ指を折っていく。まずは雨の日の出会いから始めて、部屋に居着いたこと、花柄の傘、久遠が布団に入ってきた日の話。

「当時の自分への感想はなにもないんだ？　手が早すぎるとか、ほくろを言い訳にするなんてどうかしてたとか」

一度は自分さえ憶えていればいいと思ったものの、気が変わった。ふたりのことなのだから、やはり久遠にも知っていてほしくなった。

「特にないな。おそらくいまでも同じだ」

和孝の隣に座り、煙を吐き出した久遠が唇にのせた吸いさしを上下に揺らす。

いまの久遠で同じシチュエーション、同じ台詞を脳内で再現してみても、確かに違和感はなかった。

「あー、まあそうかも。やりそう。ていうか、やられそう」

そして、自分は躊躇《ためら》いながらも受け入れる。そうするのが自然であるかのような気すらしながら。

もっともいまなら、やくざだと言ってくれなかったという理由で逃げ出すことはないだろう。久遠と離れた七年の月日の長さを、厭《いや》というほど痛感したのだ。なにしろ雨が降るたびに久遠を思い出し、その存在の大きさに苛《さいな》まれていた。

「何年も前のことなのに、はっきり憶えてる。まさに青天《せいてん》の霹靂《へきれき》。BM《ビーエム》で砂川《すなかわ》組のやくざに絡まれたら、久遠さんが現れたんだよ？　俺にしてみればそのやくざよりよっぽどショックで、動揺するあまり逃げ出したからな」

これまでの自分たちを語るには、とても一晩では足りない。長い時間が必要だ。が、何日かかろうと全部話すつもりだし、久遠はつき合ってくれるにちがいない。

「砂川組か。久しぶりに聞いた名だ」

「久遠さんが解散させたからね」

あらためて脳裏によみがえらせると、過去のひとつひとつがリアルで、自分たちの形跡なのだと実感する。

紆余曲折《うよきょくせつ》なんて一言ではとても言い表せないが、過ぎてしまえばすべてが懐かしい思い出だ。

みっともなく突っ張っていた自分のことも、素直な気持ちで口にできる。

「俺にしたら、再会したのが運の尽きってわけ。あんなに居心地が悪かったのに、すっかり手懐けられたからな」

「お互いに」

久遠の一言に、そうかと合点がいく。

ありとあらゆるトラブルに見舞われたし、久遠の記憶のなかから存在自体を消されたというのに、いまもこうして自分たちは一緒にいる。

あの日の出会いはふたりにとっての「運の尽き」だったのだろう。

本来は不穏な意味しかない言葉でも、どこか甘い響きを伴うのはそのせいだ。文字どおりの終わりではなく、新たな命運の始まりだった。

それが証拠にあの日からもう何年もたったいま現在も、初めて経験する恋心に身を焦がしているのだから。

「愉しそうだな」

これには、もちろんと返す。

「砂川組の話には続きがあって」

思い出話を再開した和孝に、煙草の火を消した久遠が横になる。肌を寄せ、おさまりのいい位置を見つけて四肢の力を抜いた。

「この体勢になると、眠くなるんだけど」

馴染んだ体温が睡魔を誘う。数回瞬きすると、久遠が腹の上にのせた手でぽんぽんと叩いてきた。

「話の続きはいつでもできるだろう」

久遠の言うとおりだ。眠るのは惜しいが、話ならいつでもできる。いい夢が見られるのもわかっている。だとすれば、急ぐ理由なんてない。

「そうだね。続きは明日」

明日。明後日《あさって》。またその次。

果たしてどんな日になるだろうか。未来のことは誰にも予測できないが、ひとつだけはっきりしている。

平穏であろうとそうでなかろうと、胸の奥底にあるこの熱情は変わらない。

久遠の体温に包まれ、ふたりで歩むこの先の長い道程に思いを馳《は》せながら、今夜、この瞬間、同じベッドで眠れる幸せを和孝は噛《か》み締めていた。

たったひとつ

低く唸《うな》るドライヤーの音を聞きながら、髪に触れてくる手の心地よさにうっとりと身を任せる。

「あー……癖になりそう」

バスルームを使ったあと、生乾きの髪のままであれこれ雑事をしていたところ、またかと呆《あき》れた久遠《くどう》に強制的にソファへ座らされたのだが。

髪を掻《か》き上げられているうちに身体から力が抜け、自然に背もたれに背中がつく。睡魔に似ているが、恍惚《こうこつ》という点ではまるで異なる感覚だ。しかも、久遠の手限定となると、もはや快楽と言っていいかもしれない。

「だからって、濡《ぬ》れた髪でうろうろするな」

最後に額を小突いてから、久遠が髪から手を離し、ドライヤーのスイッチをオフにした。名残惜《なごりお》しく思いつつ礼を言い、雑事の続きに取りかかる。その間にバスルームを使った久遠がリビングダイニングに戻ってきたタイミングで、傍《そば》へ寄っていった。

「このあとなにか予定ある？」

少し顎《あご》を上げ、目線を合わせて問う。

「いや」

「でも、電話はかかってくるかもしれないよな」

半ば無意識でカウンターの上へ視線を流すと、それに気づいた久遠が携帯を手にして、電源を落とした。

「大丈夫なんだ？」

代替わりした直後に比べて安定しているといっても、不測の事態は日常茶飯事だ。特に組員が増えている現状では、いつなにが起こったとしても不思議ではない。休日であろうとトラブルは待ってくれないのだ。

「組の心配か？」

「まあ」

厳密にはちがう。心配しているのは組ではなく、久遠の身だ。無論、組の安泰とイコールであるため、それも含めて、であるのは間違いなかった。

「とりあえずこっちはうまくまとまった、って言っていいのかな。こんな記事が載るとは思わなかったけど」

予想したとおり、最新号の「Wednesday」からは都築《つづき》や裏カジノ関連の記事が消え、フリーランスのジャーナリスト、来栖《くるす》湊《みなと》についての記事に代わった。

担当したのは佐々木《ささき》のようだが、驚いたのは南川《みなみかわ》の名前を取り上げていたことだ。南川の件から続く一連の記事に対する佐々木なりのけじめなのかもしれない。端的ではあったものの南川が遺《のこ》したUSBメモリに関しても触れられていて、父親を冷凍保存したというセンセーショナルな事件でも、同業他社とは一線を画した内容になっていた。

「買ったのか」

「買った。気になったし。久遠さんは？」

「事務所宛《あ》てに届いていたようだが、読まなかった」

読む理由がないという意味だろう久遠の返事に、そっかと答える。和孝《かずたか》にしても、一応確認のために目を通したのであって、今後購入する気はなかった。

ふ、と久遠が目を細める。

「予定を聞かれたから、てっきり誘われていると思ったが」

勘違いか、と上目遣いで問われる。

その表情と声で、頭にあった来栖や南川、佐々木のことが一瞬にして消え去った。無論、初めからそういうつもりの問いだったので、勘違いなどではない。

「あー……うん。明日、俺、両方とも休み」

主軸は『Paper Moon《ペーパームーン》』で、閉店後『月の雫《しずく》』に顔を出す日も多いため、完全な休日は月に二、三日だ。宮原《みやはら》に休みをとるよう何度か注意を受けたが、最近になってようやく自分のペースを掴《つか》めてきた。

「そう言っていたな」

先週した話を久遠も憶《おぼ》えていたようだ。

「それで？　勘違いじゃなければ、俺はどうすればいい？」

「どうって」

答えは決まっているのですぐには返事をせず、

「さっきみたいに髪に触ってほしい、かな」

少し考えてからそう返した。

先刻の心地よさをまた味わいたかったのだ。優しく撫《な》でる指先の感触、その加減がなんとも言えず絶妙でうっとりした。もしあんなふうに身体《からだ》じゅうに触れられたら――どうなるのか想像もできない。

「髪だけか？」

首を一度横に振った途端、手がこちらへ伸びてくる。てっきり髪を撫でてくれるのだとばかり思っていると、腰を抱え上げられた。

寝室に向かう久遠の首に、なんだよ、とくすぐったい気持ちになりつつ両腕を回す。ようするに、その気になっているのは自分ひとりではないということだ。

寝室まで運ばれ、ベッドに下ろされる。仰向けに転がった和孝は、膝《ひざ》でのってきた久遠に頬《ほお》を緩めた。

「昔を思い出した」

視線で問われて、懐かしさから口を開く。

「久遠さんに拾われて、居候《いそうろう》になってた頃。あの頃はぜんぜん久遠さんのことがわからなくて、毎回こうやって見上げながら、なんで？　意味わかんねえ、って頭のなか疑問でいっぱいだった」

突然布団に入ってきたことだけではない。当時に限らず再会して以降も、久遠に関してはわからないことだらけだった。なにがしたいのか、自分をどうしようというのか。表情や態度から読み取ろうとどれだけ努力してもまるで理解できず、苛立《いらだ》ちばかりが募っていった。

「こんな話されても困るだろうけど、俺、結構必死だったからね」

これに関しては、胸を張って言える。とりもなおさず、初めから自分は必死になるほど久遠に執着していたということだろう。

「憶えていないのが残念だ」

「だろ？」

久遠の前髪に手を伸ばし、日頃のお返しとばかりにくしゃくしゃと乱す。前髪が下りると普段のストイックなイメージがやわらぎ、いかにもプライベートな感じがして気分が上がった。

息がかかるほど顔を寄せると、唇を触れ合わせる。それだけで昂揚《こうよう》し、身体が芯《しん》から蕩《とろ》けていくようだった。

「俺は、また逃げ出されなかったことに感謝すべきだろうな」

「あー……そこは大丈夫かも」

再会するまでの七年間、久遠の記憶は薄れるどころか、年々明瞭《めいりょう》になっていった。まるで亡霊のごとく夢のなかに現れる久遠の姿にどれだけ悩まされたか知れない。

あんな日々をくり返すのはもう二度とごめんだ。何度も悔やんできた自分に、もう一度逃げ出そうなんて気持ちは微塵《みじん》もなかった。

だからこそ、必死だったのだ。傍にいるためにはどうすればいいのか。厭《いや》になるほど考えて、俺はあんたの部下じゃないと反発することで久遠を試していたような気がする。

若気の至りと言えばそのとおりだが、そういう時期があったから、いま素直な気持ちで向き合えているのだと思えば、けっして無駄ではなかったのだろう。

そうか、と耳許《みみもと》で答えた久遠の唇が顎へ滑っていく。が、うなじに辿《たど》り着いたまさにそのとき、ぐうと無粋な音が響いたせいで甘い雰囲気が台無しになった。

「あ」

三時間ほど前、食事をすませてくると久遠から連絡があり、自分ひとりならと軽めにしたのが間違いだった。いまになって腹の虫が主張し始めたらしい。

「聞こえた？」

「ああ、しっかり聞こえた」

肩をすくめた久遠が、身体を離してベッドから下りる。

「適当に持ってくるから待ってろ」

「いや、大丈夫」

久遠に気を遣って、というよりせっかくいいムードだったのにとすぐに引き止めても、

「俺が大丈夫じゃない。最中に、ぐうぐうやられたんじゃ気が散る」

その一言で寝室を出ていってしまった。

まっとうな言い分には一言も返せず、和孝も上体を起こす。待っているうちにむしょうに可笑《おか》しくなって、ふ、と笑った。これも当初とは変わった部分だ。久遠とベッドにいて腹を鳴らすなんてあり得なかった。それだけ安心して、リラックスできているという証拠だろう。

寝室のドアが開き、トレイを手にした久遠が戻ってきた。

「夕飯に作った夏野菜と鯵《あじ》のマリネがあるよ」

「ああ、それも持ってきた」

ベッドの上にトレイが置かれる。

「あ、宮原さんにもらったヤツだ」

マリネの他には、療養中に宮原から送られてきた魚介の冷凍パスタと、生ハムとチーズ。昨夜残ったラタトゥイユ、さらには白ワインも。

夜食としては十分すぎるメニューに、ふたたび腹の虫が鳴った。

「正直だな」

ワインを開けた久遠がグラスに注ぐ。この際、行儀は二の次、食欲を優先してベッドであぐらをかいた。

グラスをぶつけたあと、さっそく手にしたフォークにパスタを絡める。

「久遠さんも食べる？」

「いや、俺はこっちで十分だ」

マリネ、生ハムとチーズを示した久遠に、それならとパスタの皿を手に取った。さすが宮原が選んだだけあって、濃厚な魚介のうまみが凝縮された絶品のパスタだ。

しかも、ベッドの上。

雑談をしながらの飲食は普段と変わらなくても、ベッドで、ほんの数十センチの距離でとなると格別うまく感じられた。

「宮原さんにはお返しにシャンパン贈ったけど、ぜんぜん足りないよな。キッチンに立てない間、めちゃくちゃ助かったし、なによりどれもおいしかったし。でも、お礼なんかいらないって言われちゃったんだよな」

津守《つもり》や村方《むらかた》も同じだ。頻繁に差し入れを持って様子を見に来てくれた。心配と迷惑をかけたうえに見舞品をもらうだけもらった身としては、今後の働きぶりで返していくしかない。

「真柴《ましば》さんにも、胡蝶蘭《こちょうらん》もらいっぱなしになったし」

一目で高価だとわかる立派な胡蝶蘭のプリザーブドフラワーだった。てっきり久遠の親《しん》戚《せき》という認識からの見舞品だとばかり思っていたが、久遠との関係を察してのことだと聞き、妙な気恥ずかしさを味わった。と同時に、素直に嬉《うれ》しくもあった。

「受け取るだけで十分だ」

組はファミリー、木島《きじま》組の組員たちは特にその思いが強いと知っているだけになおさらだった。

「まあ、それなら」

真柴さんっていいひと、などと言うつもりはない。やくざを生業《なりわい》にしている時点で、「いいひと」「親切」と軽々しく口にすべきではないだろう。

半面、和孝自身が思うのは自由だ。接点のない相手だからこそ、個人的な印象を大事にしたかった。

「皆に心配かけないようにするのが一番なんじゃないか」

確かにそのとおりだ。

「ほんとそうだよな。気をつける」

耳の痛い忠告をありがたく拝聴し、胸に刻む。怪我《けが》をするのは二度とごめんだし、それ以上に店を休みたくなかった。

「なんとなくだけど、厄が落ちて、いろんなことが好転していくような気がしない？」

父親との関係については解決したとは言いがたいが、とりあえず自分なりに筋を通したつもりだ。

週刊誌の件にしても、最悪のパターンになる前に片づいた。なによりの朗報は、有坂《ありさか》が意識を取り戻したことだった。

悪いときには悪いことが重なるというが、逆もしかり。ひとが縁で繋《つな》がっているように物事にも意味があって、起こるべくして起こるのではないかと、そんな気がしている。

「そうだな」

久遠がグラスをトレイに戻した。和孝も倣うと、トレイは床の上に置かれ、ふたりを隔てるものはなくなった。

「食欲は満たされたか？」

この問いに頷《うなず》いた和孝は、小さく吹き出す。

「食欲のあとは性欲って、単純」

ひょいと肩をすくめた久遠の手が、ようやく髪に触れてきた。

「わかりやすいな」

「うん。わかりやすくていいね」

ゆっくりと髪を梳《す》かれると、心地よさに身体から力が抜ける。つかの間身を任せているうち、それだけでは物足りなくなってきた。

早く先に進みたい。その一心で久遠を見つめたあと、身を屈《かが》める。久遠が身につけているナイトウエアのパンツと下着をずらし、本能に従ってそこへ顔を埋めた。

「……ん」

先端に口づけると久遠のものが顕著に反応する。それに気をよくして、口中に迎え入れ、舌を絡め、吸い、喉《のど》の奥まで使って愛撫《あいぶ》した。

その間も大きな手で髪を梳かれ、全身が熱くなる。うっとりとするような心地よさはとうに過ぎ、腹のなかからこみ上げてくるじれったさに息が上がった。

久遠にはそれが伝わっているのだろう。頭にあった手は首筋へと滑ったかと思うと、鎖骨を撫で、胸へと向かう。

「あ」

手のひらで弄《まさぐ》られ、刺激された乳首が尖《とが》ってくると、いよいよ我慢するのが難しくなった。

口淫《こういん》を続けながら、勝手に腰が揺れだす。口中で質量を増した久遠をダイレクトに感じて、自然に喉が鳴った。

口に含みきれない根元は手を使い、終わりを促すつもりで熱を込めたのに、久遠が身を退《ひ》く。思わず不満の声を漏らしたが、次の瞬間にはベッドに横たわっていた。

「久……ぅあ」

名前を呼ぶこともできなかった。うなじに口づけられ、ざっと肌が粟立《あわだ》つ。その間に和孝が身につけていたものをすべて手際よく剝《は》ぎ取った久遠は、さらに肩、胸元へ唇を押し当ててきた。

尖った乳首を口に含まれ、舌で刺激される傍ら身体じゅうを撫で回され、いまだ触れられていない性器がじわりと濡れてくるのを自覚する。敏感になった肌に汗が浮き、どこもかしこも過敏になる。

そうなると体内まで疼《うず》き始め、いよいよ耐えられなくなった和孝は腰を捩《よじ》って懇願するしかなくなった。

「も、髪とか言わないから……触ってほし……」

気が急《せ》くあまり、待てずに自身の手を中心にやる。途端に明瞭な快感が得られ、手淫を続けて頂点を目指す。が、むしろよけいに追いつめられるはめになった。

「まだいくなよ」

「あ……」

先をねだる必要はなかった。久遠は大きく脚を割ってきたかと思うと、中心のみならず奥まであらわにした。

「……っ」

指で触れられ、声が喉で引っかかる。その後舌先で暴かれると、快感に涙が滲《にじ》み、どうしようもなくなった。

「う、ん……ぁあ」

唾液《だえき》で濡れた入り口が勝手に緩む。性器をぎゅっと摑んでいなければ、すぐにでも達してしまいそうだ。

「あ、も、無理……っ」

下半身を久遠に抱え上げられたあられもない格好で喘《あえ》ぎ、羞恥心《しゅうちしん》を感じる余裕もない。舌で開かれたそこに指を挿入されると、いつしかすすり泣いていて、無理と何度もくり返すことしかできなくなった。

もう吐き出したい。けれど、求めているのはもっと強烈な快感だ。身体の奥深くまで埋めてほしくて、後孔が物欲しげにひくつくのをはっきりと自覚していた。

当然久遠もわかっているだろう。

「挿《はい》っていいか？」

指を抜き、上から熱い双眸《そうぼう》で見下ろしてくると、普段より少し掠《かす》れた声でそう問うてきた。

「ん……挿って」

背後から抱きしめてきた久遠は、じらすことなく自身を押し当て、そのままゆっくりと内側へと挿ってきた。

「……うぅ」

「きついな」

そう言ってローションを足してから、深い場所へと進んでくる。生々しい感触に、これ以上の我慢などできなかった。圧迫感を伴って久遠に奥まで支配された瞬間、和孝は呆気《あっけ》なく一度目のクライマックスを迎え、極みの声を上げていた。

小さく久遠が呻《うめ》く。

自分のなかが痙攣《けいれん》しているのが、久遠の熱を通して伝わり、蕩けそうな愉悦に目眩《めまい》を覚える。

身体を割られるような苦痛が快感になるのは、相手が惚《ほ》れた男だからだ。きつく掻き抱かれ、体内を満たされ、身体以上に心が悦《よろこ》びに震える。

やっと抱き合うことができた安堵《あんど》から、吐息がこぼれた。

「あまり待てないぞ」

耳許で低くそう言ってきた久遠に、和孝は頷いた。

「どくどく、してるし」

体内で熱く脈打つ久遠を感じる。自分のなかが応《こた》えているのも。

「なら、わかるだろう?」

「ん……すごく、いい」

だから、このままゆっくりしてほしいとねだる。

名前を呼ぶと、望みどおり久遠がゆっくり始め、体内の性感帯を押《お》し潰《つぶ》すように突かれて、蕩けそうな愉悦に身体じゅうが甘く痺《しび》れた。

「あ……う、んっ」

久遠の動きに合わせて、自然に腰が揺れだす。すぐに物足りなくなり、徐々に大胆に身をくねらせた。

首を巡らせ、舌を絡めながら行為に没頭する。どこもかしこも気持ちよくて、正気でなんていられない。

「も、っと」

寝室に響き渡る濡れた音と、互いの息づかいにも煽《あお》られ、夢中になって快楽を貪《むさぼ》った。

「──和孝」

いつしか這《は》う体勢になり、背後から激しく犯される。

「あぁ」

背をしならせた和孝はシーツをぎゅっと握りしめ、思うさま吐き出していた。久遠に絡みつく内壁を強引に揺すられ、喘ぎ声は嬌声《きょうせい》になる。

まもなく膜越しでも熱いと感じる久遠の最後を受け止める。ふたりで同じ快感を共有する瞬間はなにものにも代えがたい。この瞬間は、なぜか毎回泣きたいような衝動に駆られるのだ。

もう少し、と思ったのは久遠もだったらしい。いったん身を退いたあと、ふたたび今度は正常位で挿入してきた。

汗で濡れた前髪を掻き上げる久遠を見つめ、両手を伸ばす。力の入らなくなった身体を抱き上げられると、大腿《だいたい》を跨《また》ぐ体位できつく抱き合った。

「これ、好き」

「知ってる」

「久遠さんは?」

この問いの返事は、耳に直接あった。

「そうだな。俺も好きだ」

「ん……だと思った」

満足して、ほほ笑む。

息が触れ合うほど間近で見つめ合い、隙間《すきま》なく密着できるのがいい。繋がった場所だけではなく、身体じゅうどこもかしこもがひとつに溶け合ったような感覚にうっとりする。

「俺のことをよくわかってるじゃないか」

「まあね」

お互いに、だ。どちらがどうというのではなく、久遠と自分、双方が努力して寄り添い、ともに歩んできた四年間だった。

「傍で、ずっと見てきたから」

あと、と久遠のこめかみに唇をつけて囁《ささや》く。

「俺も久遠さんのこと、すごく好きだよ」

心からの告白に、久遠が一瞬目を見開いてから、片頬で笑った。

いつ目にしても愛《いと》しい男のやわらかな表情には胸が高鳴り、そのたびに自分のなかの恋心を自覚する。

出会った当初よりも深く、熱い想《おも》いだ。

和孝は、ありったけの熱情を込めて久遠に口づけた。たったひとつの愛と快楽を得るために。

あとがき

あけましておめでとうございます。

二〇二四年の皮切りに『VIP　永遠』を上梓《じょうし》できる運びとなりました。これも皆々様のおかげと、感謝してもしきれません。

和孝《かずたか》と久遠《くどう》の名前をいったい何回キーボードに打ち込んできたことか、それを思うと感慨深いものがあります。本当にありがとうございます。

当初は遅い思春期のまっただ中だったような和孝も、ようやく落ち着きました（根っこの性分は変わらないですが）。

一方の久遠は、事故の後遺症のせいで若干若返っているかもしれません。二十五歳といえば、目的を果たすためにガツガツギラギラしていた頃ですし。

いまではすっかり熱々カップルです。

さておき、永遠って、すごくロマンがあるワードですよね。いろいろな妄想を掻《か》き立てられる、まっすぐな単語だなあとつくづく思いました。憧《あこが》れでもあります。

ふたりの永遠はどんなふうなのか。見届けていただけましたら、とてもとても嬉《うれ》しいです！

そんな今作も、沖麻実也《おきまみや》先生のイラストが愉《たの》しみでなりません！　沖先生、素晴らしいイラストをいつもありがとうございます！

担当さんにも何度お礼を言えばいいのかわからないくらいです。

多くの方に助けられて、長年書いてこられた幸運をあらためて噛《か》み締めています。

二〇二四年は個人的にひとつの区切りの年でもありますので、新たな気持ちで精進したい所存です。いろいろ滞っていることをこなしつつ、何事も前向きに、です。

初心忘るべからず、って言いますもんね。

肉体的には多少アクティブに……と毎年思ってますが、今年も同じ目標を掲げて、まずは軽い運動を三日坊主にならないよう続けていくことから始めなければ、です。縄跳びを買ったのはいいけど、数ヵ月封を切らずじまいなので。

とにもかくにも、二〇二四年が素敵な年になりますように。

今年もどうぞよろしくお願いします。

高岡《たかおか》ミズミ

『ＶＩＰ《ブイアイピー》　永遠《えいえん》』、いかがでしたか？
高岡《たかおか》ミズミ先生、イラストの沖麻実也《おきまみや》先生への、みなさまのお便りをお待ちしております。
高岡ミズミ先生のファンレターのあて先
〒112-8001　東京都文京区音羽2-12-21　講談社　講談社文庫出版部「高岡ミズミ先生」係
沖麻実也先生のファンレターのあて先
〒112-8001　東京都文京区音羽2-12-21　講談社　講談社文庫出版部「沖麻実也先生」係

N.D.C.913　254p　15cm

高岡ミズミ（たかおか・みずみ）
山口県出身。デビュー作は「可愛《かわい》いひと。」（全9巻）。
主な著書に「ＶＩＰ《ブイアイピー》」シリーズ、「薔薇王院可憐《ばらおういんかれん》のサロン事件簿」シリーズ。
X　@takavivimizu

講談社X文庫

KODANSHA

white heart

ＶＩＰ《ブイアイピー》　永遠《えいえん》

高岡《たかおか》ミズミ

●

2024年２月２日　第１刷発行

定価はカバーに表示してあります。

発行者――森田浩章
発行所――株式会社　講談社
東京都文京区音羽2-12-21 〒112-8001
電話　編集　03-5395-3510
販売　03-5395-5817
業務　03-5395-3615
本文印刷一株式会社ＫＰＳプロダクツ
製本―――株式会社国宝社
カバー印刷一半七写真印刷工業株式会社
本文データ制作一講談社デジタル製作
デザイン一山口　馨

ISBN978-4-06-534476-7

「漫画版 VIP」のお知らせ

「VIP」第1作をついにコミカライズ！
コミックスでしか読めない
高岡ミズミ先生による
かきおろし前日譚「未来へ」も収録！
漫画で広がる「VIP」の世界を
お楽しみください！

漫画版
VIP

原作
高岡ミズミ
漫画
綺戸彩乃

紙&電子で
好評
発売中！

試し読みは
コチラ！